코로나 블루스

시작시인선 0386 코로나 블루스

**1판 1쇄 펴낸날** 2021년 8월 23일
**지은이** 김세윤
**펴낸이** 이재무
**책임편집** 박은정
**편집디자인** 민성돈, 장덕진
**펴낸곳** (주)천년의시작
**등록번호** 제301-2012-033호
**등록일자** 2006년 1월 10일
**주소** (03132) 서울시 종로구 삼일대로32길 36 운현신화타워 502호
**전화** 02-723-8668
**팩스** 02-723-8630
**홈페이지** www.poempoem.com
**이메일** poemsijak@hanmail.net

ⓒ김세윤, 2021, printed in Seoul, Korea

**ISBN** 978-89-6021-572-6 04810
       978-89-6021-069-1 04810(세트)

**값** 10,000원

*이 도서는 2019년도 한국문화예술위원회 아르코문학창작기금지원사업에 선정되어 발간
 되었습니다.

# 코로나 블루스

김세윤

천년의시작

시인의 말

공중을 차고 오르는 순간
난 숨 덩어리가 된다

뛰어라, 늙은 래퍼
발을 헛짚어 네 허방에 닿기 전에

바닥이 마구 몸을 끌어당겨도 발끝으로
코로나 블루를 리듬 앤 블루스로 낚아채며

방금 이식 수술 받고 나온 사람처럼
기뻐 춤춰라, 네 뛰는 심장의 노래를

# 차 례

시인의 말

# 제1부 마셔라, 진한 짬뽕 국물 난타

# 라라랜드

거꾸로 한 팔로 라라라
댄스를 춰, 다른 팔론 아스팔트를 딛고

빙하가 녹아 힙에 줄줄 흘러내리는
북극 빙하 장례식, 사라진 얼음을 애도하는
춤에 빠지면 네 머리부터 구름에 파묻히지
희끗희끗 옅은 해무에 잠긴
머리를 흔들며 발가락 장단으로
한 바퀴 몸을 횡단한 후 또 한 바퀴 브레이크 댄스

쿵쿵 왼쪽 배부터 오른쪽으로 휘감아
다시 위로 비틀어 그린란드에 닿을 거야

정수리 휜한 북극점을 향해 개 썰매를 몰다
설맹에 빠진 눈, 개 거품을 물고 자전하면
그린란드 아래 문 닫힌 라라랜드로 낙하할지 몰라
춤사위가 네 몸을 떠나고 있어
싱크홀 속 꿈틀대는 빙하 바이러스의
리듬에 잠기려 해도 너는 없고 아스팔트의 고독만 우뚝
서 있지

>
힘을 빼, 넘치는 악력과 탄력 대신
네 뱃가죽에 흘러내리는 얼음덩어리나 꽉 붙잡아 둬

라라와 랜드 사이 반지하 방에 착지한 너
취객의 발소리나 마이너스 통장 속 고양이 눈알이나 공
기놀이하며 놀지
자다가 소스라치듯 일어나
과속방지턱에 항문을 꽉 조인
발정 난 고양이 울음소리도 네 케겔 운동을 뛰어넘진 못
할 거야

밤새 끙끙 꿈 배틀이 무르익으면
네 몽유병에서 짜낸 내 눈물 한 방울만 데워 줘

멈추면 사라져, 첫 발이
다음 발에 닿지 않게 네 몸속
라장조로 구르는 심장사상충처럼
빙글 회전해, 그라운드 제로에서 개 다리를 뽑아 올려
라라라 푸른 무덤 위를 도약하는 브레이크 댄서

>

성층권 위 물 뿜는 돌고래 울음소리로

남극에 굴러떨어져 피범벅 된 이마를 딛고

## 수타 반점

척 감겨 오는 리듬에
몸을 맡겨, 팔이 길게 늘어나도록

어깨를 으쓱, 반죽 덩어리 속
너를 꺼내려고, 네 장단에 내가 놀아나도록

첫새벽 네 흰 가루를 덮어쓴
사방에 내 땀방울 랩을 뿌려

내 손끝에서 벌어지는 라임과
내 팔뚝으로 치대는 무반주까지

늘였다 꼬고, 네 가는 몸을 치대고 흩날리고
비틀어 공중을 한 바퀴, 내 등 근육에 새겨지고

당장 그만둬야지 이거 원, 혀가 꼬여 버린 비트 아닌 말투
팔이 영 말을 안 들어, 엉킨 타래를 푸는 펑크 아닌 핑크

내 등에 매달린, 한 몸이 된 아이들 이 가는 소리와
네 얇아지는 팔에 쳐들린, 원심력과 구심력 사이로

\>

아무리 넘치는 욕설이라도, 랩에 싸야 하는
아무도 벗어날 수 없는 흰 벽에 갇힌 래퍼

종일 주문이 없어도 좁은 이마에 받아 적느라
머릿수건에서 스웨그가 흘러내리는 줄 모르고

동네방네 내 몸이 내 몸이 아닌 사람 천지
몸통은 사라지고 밤에도 두 팔만 걸려 있는, 우리 집

부어라, 자장면 랩 수타
마셔라, 진한 짬뽕 국물 난타

## 춤의 사제

넌 날 춤추게 해
난 네 리듬에 말린 귓바퀴와
달팽이관에 튀기는 래퍼의 침방울이었다가
콧잔등의 땀방울이었다가

방아쇠를 당긴 네 랩에
내 관자놀이에서 귀로 뚫린 소리의 피어싱,
허를 찔린 내 손짓 발짓으론
머리 뒤 스쳐 가는 총알의 속도를 따라잡을 수 없어
버캐가 낀 침과 흐르다 멈춘 눈물 콧물로
허공에 매달려 있다가

날 보내 다오
구름 위 총소리 듣는
난 고흐가 아니어서 귀를 자를 순 없어

소리가 새지 않게 생생하게
랩을 랩하다, 난 춤추는 랩 수화 통역사[*]
속사포로 쏟아 내는 너를 받아쓰고 싶어
네 눈썹을 거머쥐다가 머리칼을 쥐어뜯다가 끌어안고 몸

부림치다가
　막춤 어깨춤 잡탕 춤 비벼대다가
　내 장단에 내가 취해 조그맣게 줄어든 너
　무대 위로 증발하는 소리

　발가락 끝 깨진 유리 조각 위에 뛰어오른
　랩 걸의 캉캉 춤이었다가
　엉덩이보다 한 발짝 앞서 나갔다가 뒤로 빠졌다가
　놓친 박자였다가 힙한 발바닥이었다가 춤의 사제였다가
　눈 코 입 빼앗겼다 빼앗았다 버캐 낀
　제물이었다가 심장에서 꺼내 든
　너였다가 나였다가

　날 보내지 마
　내 귀에 걸린 피어싱 귀걸이
　솜털 구름 위로 솟아올라 네 귓불에 달아 주고 싶어

* 미국의 수화 통역사인 홀리 매니아티. 빠른 랩 가사를 춤추듯 역동
　적인 동작과 수화로 표현했다.

## 분홍 춤

해변 주유소 신장개업
발끝으로, 치어걸들이 춤추고 있다
새파랗게 놀란 파도가
눈을 치뜬 채, 좍 벌어진 다리 사이
공중의 빈틈을 노리고 있다

활처럼 휘어진 수평선으로
냅다 차 꽁무니를 걷어찬 다음
휙 지나가는 번호판을 정조준,
파도의 틈새를 노려 시위를 당기고 있다
어서 옵쇼, 선글라스 깊이 눈을 숨긴 폭주족들이 힐끗
주유하다
발목 호스에 남기는 키스 마크를 지우며

바람과 취객이 춤에 맞춰
박수 치는 사고 다발 구역 앞
아까부터 분홍 보퉁이를 안은 여자가
오른발을 들썩거리며 한쪽으로 중심이 쏠리고 있다
기우뚱거리는 몸을 발레파킹하기 위해선
아스팔트 위에 네 바퀴로 떠 있어야 한다

>
바이크족이 지나간 길옆 퍼질러 앉아
숨찬 치어걸들이 생수병을 들이켜고
길의 포물선 끝 바퀴가 사라지고 끊긴 박자와 발자국 사이
머리 풀고 절벽에 몸 부딪는
온몸이 분홍인 여자가
붉은 화염으로 타오르는 순간


파도와 소리 사이, 축 고요
두 다리로 선 화환이 온다

# 춤꾼들
―힙합 전사

우린 피도 물도 없는 사이
물이 아니라 눈물, 피가 아니라 피눈물
너와 난, 춤으로 이어 달리는 바통 터치 선수야
비바람 치는 대로, 다리를 뻗어
심장을 펌프질하면 추위를 잊을 수 있어, 이빨 딱딱 부딪는
이 악문 거리의 춤을

우린 아스팔트에다 배꼽을
제 애장터인 양 파묻은 춤꾼들이야
바닥에 살 비비며 비 그친 얼굴로 서로를 보며 웃지
아직 핏자국이 남아 있는 땅보다
공중이 즐거워, 목에 찬 숨소리로 떠 있는 상여꾼들!
우주 엄마, 애장 애장 에루화 에헤라디야

놓쳐 버린 나를 찾기 위해
너랑 이야기할 시간이 없어
꼴사나워 힙합이 뭐라고
뭘 그리 집착해 넌 그냥 너라고[*]

숨통을 조여 오는 아스팔트도

우리가 주무르다 만 장난감 흙이야

검게 흘러내린 불량 점토처럼 바닥에 닿지 않는

내 춤을 꺼내 줘 피가 마르겠어

네 뼈의 두운과 바통 터치하는 내 각운의 뼈가 부딪쳐

길바닥에 벌렁 나가떨어져도 목을 느끼지 못하겠어


한곳만 죽어라 팠는데

그게 내 무덤이 될 수 있다는 게 무서웠어,

아버지 날 보고 있다면 정답을 알려 줘

어른이 되기엔 난 어리고 여려 아직 방법도 모르고**


어린 울음보, 한 번 터지기 시작하자

금방 우렁찬 목청, 대낮의 랩보다 더 시끄러워질 거야

청춘의 빈 무대에 동그마니 남은

늙어 빠진 만신의 정수리만 훤히 비치는 밤

허기와 흥으로 신나는 내 상엿소리 한번 들어 볼래

내 무덤에 놀러 와, 시합 한판 뛰게!


각도를 세워 허공에

하룻밤 푸가를 춰, 다리를 버린 댄서

구름을 훌렁 들쳐 업고 거리를 휘어잡는 일밖에
아무것도 몰라, 무대 위 뜨거워진 피로
손도 발도 없는 중력을 차고
반 평 무덤 위로 힘껏 도약할래, 만가輓歌의 힘으로
어허 어허 여기넘차 어허 가자 하늘로

* 송민호, 지코, 팔로알토, 〈moneyflow(다 비켜봐)〉에서 인용.
** 송민호, 〈겁〉에서 인용.

# 뻘전傳 코미디
—래퍼 명수에게


스물이 넘도록, 넌 내 데칼코마니
푹푹 빠지는 뻘에서 허우적대는
우린 아무짝에 쓸모없는 형용사의 반란 코미디


네 가운데를 반으로 접어도 너
네 속엔 온갖 갯것들,
꼬막 껍데기 그 부챗살 무늬에 흘려
미끌미끌 꿈틀꿈틀 끈적끈적 요리조리
뻘뻘 의태어를 밀고 끌고, 가도 가도 제자리걸음
네 뻘짓과 그걸 다 받아 주는 드넓은 화폭에다
온몸으로 색칠하는 사생 대회가 열리지


네 한가운데를 씽씽 달려도 너
네 바닥에다 거꾸로 처박혀도 너
네 골짜기 따라 미끌, 거우 돌쩌귀에 손 뻗이
뻘 물에 온갖 손발 다 뭉개져서야
겨우 두 팔 두 다리만 매단 채 질질 끌려 나와
네 비행을 다 적고도 모자라, 흐린 썰물에다 머리까지 처
박고 나서야
푹 두 무릎이 꺾이면서 블랙코미디의

긴 레이스가 끝날 거야

네 사타구니에 접혀 들어가도 너
옴짝달싹 못 한 채 내 엉덩이에다
꾹꾹 눈물 먹물 눌러 담아도 너
들락날락 불량한 것들끼리 한데 엉켜, 낄낄거리며 뒹굴다
네 독한 말로 내 가슴팍을 발기발기 찢어 놓고 나서야
머리를 흔들며 번쩍 랩이 떠오를 거야
축 처진 엉덩이를 막 들이밀면서 서로의 배 속까지
내 무덤, 내가 팔 거야

내 한쪽 다리를 물어뜯어도 너
절로 배어 나오는, 간간하고 쫄깃하고 아리고 배린 몸 맛
짓뭉개며 따라한 어른 헤엄 흉내까지 간신히 떼고 나와
도 너
알록달록 살이 오른 볼기짝으로
전신 판화 찍듯 개칠할 거야
한 다리는 널에 걸고 다른 다리는 갯벌을 밀며
개문발차, 온몸의 레이싱

>
　　쑤욱 네가 빠져들어 간 수렁 속 두 팔 뻗자
　　뻘 속 노파가 네 속살을 끌어당기며 열에 들떠 질펀하
게 소리쳐
　　이리 와 환쟁이 아기 신랑, 가슴뼈 으스러지게 안아 줄께
　　부비고 비비고, 꼬막무침 같은 분탕질이고 뭐고
　　뻘짓도 그만 싫어, 엉덩방아 찧으며
　　겹겹이 쭈글쭈글 말라붙은 뱃가죽에서 빠져나오려다
　　뻘배를 밀고 가는 구부러진 노파의 등, 랩 가사가 보여


　　스물이 넘치도록, 넌 내 데칼코마니
　　항문은 죄고 갈비뼈는 닫고 우린 꼬리 달린 샴쌍둥이 코
미디언
　　서로의 눈을 파먹고, 껴안고 뒹굴며 거듭 태어나려고
　　질펀한 자궁 속 뻘전을 쓰지

## 허물 벗기
—래퍼 BS에게


파도에 뛰어들려다 덜컥 겁이 나

뻘에 누워 죽기를 포기한 너

게 집을 안고 잠들었다

게에 물려 온몸을 뒤틀며 몸부림쳐도

악몽에서 빠져나오지 못한 널, 다짜고짜 깨우는 자들


밤새 뻘을 거슬러 올라온

졸지에 맞닥뜨린 집게 부대들

뜨거운 땡볕 피해 찾아온

잠에 빠진 진흙 인간, 식어 가는 발목을 밟고

죽어 영원히 부활하지 못하게 하는, 오, 어둠 속 진군해 오는 청부업자들

죽으려 하는 곳이면 지구상 어디로든 달려와 살려 놓는

1톤짜리 집게 차의 기세들


수장하듯 해 떨어지자

네 등뼈 밑 모래펄만 퍼내

비몽사몽 흔들어대는 놈들 동에 번쩍 서에 번쩍

저 높은 파도에 싣고 가도 남을 기운

헐렁해진 손발 들었다 놓았다

놀리듯 네 몸, 수렁 속 발자국처럼 지워지도록
꼼짝없이 호위했다 포위했다
항복하고 나서야 두 손 두 발 다 놓아주는 놈들

집게발로 꽉 물었던 발을
파산 신청하라고, 날 살려라 빚아
삼십육계 수평선 끝 한 발가락 옮겼을 뿐인데
꿈속 다른 발가락이 찾아와, 지문이 짓뭉개지도록
줄행랑쳐도 두 다리에서 발소리만 꺼내
몸에서 붙였다 떼기를 반복하는 놈들

뒤집어진 뻘 구멍 속 네 가쁜 숨소리만
뻥긋 피어올랐다, 여차하면 가차 없이 인공호흡
고마워, 숨구멍보다 아뜩한 게 다리를 잡고
집게 고동 속 캄캄한 수렁을 빠져나오자
뻘만 파먹고 사는 놈들의 웃음소리, 소름 끼치는
빚더미만 남은 껍데기, 몸보다 가볍게, 허물 벗고 부활
한 너

어르고 달래고 등짝 빼먹고 거품 걷어 내도

갈겨쓴 랩 가사 같은 종이쪽지에다, 벌건 지장 펄럭이며
뻘 모래 탈탈 털고
　헐겁지도 두렵지도 않은 세상 탈피하고
　몸에 꼭 맞는 뻘투성이 옷을 벗고 날아오르지

## 나의 위대한 래퍼

차상위 계층을 계급이라 잘못 기재한
주소 없는 부재자 너를 찾아 번지마다
직직 긋다 만 산동네 철거촌 골목, 층계참에 내려섰다

하릴없는 곡조로 불려 나온
늙수그레한 네가 내미는 멀뚱한 물 한 잔과
알 수 없는 냄새를 볼펜 심에 꾹꾹 누르고
걸터앉은 방, 트로트나 판소리 대신 쇼미더머니를 틀어
놓고
임시 사회복지 조사원 역할의 날, 상대 배역인 양 빤히
바라본다
지느러미를 밀고 당기며 물고기처럼
뻐끔뻐끔 물속으로 내려가는 우리

전직 밤무대 악사, 작파한 지 30년
금형 회사 일용직, 절단 사고로 그만둔 지 20년
조카들의 생활비 지원, 끊긴 지 10년
이혼 경력에다 직계 자녀도 배경음악도 없이
이웃 여자 집, 후미진 방에 얹혀산 네 연보를 쓴다,
1955~2021

(꼬리지느러미를 내려놓고 숨을 고르는 동안

파문이 인다, 접힌 바짓단 사이로)

갑자기 여자가 병이 나, 본의 아닌 간병인 신세가 되었다고

너는 떠도는 난민처럼 헛헛한 웃음을 베어 문다


그렇다 이건, 무반주의 랩을 마친 너와

말놀이에 지친 내가 벌이는 이중주다

(단테의 신곡이 이태리 랩이라면 판소리는 우리 랩이다, 어쩌고)

놓친 볼펜을 얼른 주워 들다 방바닥에 손가락과

눈이 마주쳐 벌이는 우리 두 늙다리의 공연, 별주부전이다!

구석에 덩그러니 놓여 있는 아코디언과 날 용궁에서 꺼내

다오,

자라의 음악과 벅벅 문지르다 던져 둔 스포츠 복권과

지울수록 선명해지는 벽지의 얼룩과 지울 수 없는 병과

토끼 간과, 식은땀이 흥건해지는 유일한 관객

낮잠에서 깨어난 여자의 밭은기침 소리를 들으며


갑자기 끊어진 말의 틈새를

식은 물로 축이려다 별주부 역을 맡은

아냐 동사무소에서 조사 나왔어, 추임새가

울컥, 내 입에서 쏟아졌다
과거가 가구처럼 주저앉은 옆방의 여자를
난민처럼 떠돌다 불시착한, 습기 찬 판소리 랩이라 쓰고
젖은 발끝을 들고 연주하는, 세 사람의 발가락 힙합이라
중얼거려 본다

벽으로 막힌 창, 선뜻 내밀지 못한 손
콩나물 대가리를 입에 물고 무반주 십팔번으로 돌아올 도
돌이표 외딴 용궁과
한 마당도 채우지 못해 입 벌어진 서류 봉투와
소리판에 쑥 들어온 래퍼의 정체와
무대 아래 서둘러 악수하고 내려오려는데,
자꾸 손사래만 치는 너, 문간까지 따라와
어디 무료 공연장이나 마련해 주시구려, 슬쩍 눙치는
네 지느러미를 불쑥 잡았다가 옷잇처럼 촉감이 없는 걸
알았다

문밖까지 퍼덕이며 헛바퀴 도는
네 손, 기록이 놓친 동거인이라고 쓰고
손가락 마디마디 사라진 망명지의 주소를 누르듯 밑줄

좍, 2021~, 불행한 난민의 역사를 딛고 저소득층에서
　　단독가구 기초생활수급자이자 진정한 아티스트로 거듭
날 네 위대한 이름,
　　못갖춘마디 래퍼라 정정한다

# 시시비비

너 나 할 것 없이 목청껏
풍악을 울려, 난장 파장 가리지 말고
풍찬노숙 밥 먹듯 한 음유시인의
시와 비시 사이를 오가는 시
시시비비비시시 시비비시비비시
시비비시시비비 시시비비시시비*

삿갓을 벗자 터져 나온 랩

날라리 한량과 허랑방탕 술꾼들
유배 가는 음풍농월 벼슬아치들
밥 좀 주소, 갓 지은 밥 쉰밥 가릴 것 없이
무전취식 건달과 유리걸식 각설이와 거지 왕초 춘삼이
봉두난발 봇짐장사 남사당 거리패까지
저잣거리 떠돌며 떠들어대라, 까짓 시시비비 같은 시

마술처럼 삿갓에서 흰 비둘기와
불경한 머리칼 휘날리며 어디로 가니, 땡중아
냄새나는 흥에다 잠꼬대 같은 흥얼거림과
한때 날리던 목탁 소리 하나로 탁발 수행 능수능란한

하세월 앞에서도 떨지 않는 거리의 래퍼

너 무관의 제왕아


(오대양과 신대륙을 발견한 놈도 하릴없는 서양의 건달이었다지, 아마)


놀 때 삐뚤어지게 놀고

일하고 싶을 때도 널리리 노는 노숙의

뚫린 하늘을 지붕 삼아 벤치 바닥을 등 안마기 삼아 뒹

굴다

역 앞 무료 급식소, 찬송가를 흥얼거리며 나온 너

침 샘솟는 마늘 땡초 입맛 다시며

폭발하라, 맛있는 시의 성찬


종일 시빗거리로 누벼 왔던 손

합장 반 기도 반 공손히 접고

김이 피어오르는 국에 머리 박고 국밥의 마음 우러르며

후후 혓바닥 송가 불며 돌아온 성자

찬양하라, 손 비비며 이쑤시개 물고 한쪽 다리 거들먹

거리며

내가 걸어 나온다

동시 상영 한물간 영화, 거지 주윤발 폼으로

* 是是非非非是是 是非非是非非是
  是非非是是非非 是是非非是是非

## 햄릿의 랩 배틀

갑자기 햄릿이 코피처럼 랩을 쏟아 낸 건 그때였다

널 햄릿이라 부른 건
조용히 구석에 앉아 듣기만 하고
말하지 않기 때문, 혹시 입을 열 때도
간신히, 해독되기 힘든 단어와 모호한 어조로
얼기설기 거푸집을 짓듯 말을 쌓아 올리는 너의 태도 때문

햄릿, 네 별명엔
네 낡은 지퍼도 한몫했다
네가 입고 있는 힙합바지엔
지퍼가 매달려 있다 풀어질 듯 말 듯
바지 속 공기가 밖과 잘 통하지 않도록
언제나 모호한 자세를 취하고 있다

네가 우리 중 하나와
말다툼이 붙었을 때 말릴 엄두도 못 냈다
다만 멀뚱히 널 바라보았을 뿐
왜 가만있는 사람을 디스해, 막 대들어도
우린 널 디스한 게 아니라 무시했을 뿐

조용했던 네가 큰소리로 대드는 게 신기했을 뿐

그 후 랩 배틀이 어색해졌다
사실 넌 우리에게 대든 게 아니라
우리와 정식으로 랩으로 겨루기를 원했을 뿐
사실 우리도 모호함과 기이함 사이에서 흔들렸을 뿐
햄릿이 돌아왔다 첨부터
코빼기도 보이지 않던 네 랩
쥐코밥상 앞 혼자 독상을 받은 모습으로
갑자기 쥐 새끼가 된 우릴 독 안에 빠뜨린, 듣도 보도 못
한 욕설로

이 삶아 놓은 돼지머리 같은 놈아
헛바람만 들어찬 똥자루
제 다리도 못 보는 한심한 배불뚝이
물 먹인 비계, 물러 터진 희멀건 두부살
푸줏간에 통째로 내걸린 고깃덩이
푸딩으로 속을 채운 출렁거리는 왕만두
버터를 접시째 퍼먹는 게걸딱지……*

>

햄릿에게 딱히 해 줄 말은 없었다
네 독무대였으니까 누구도 따라 할 수 없었으니까
다만 네 욕은 되돌려 줄 수는 있을 것이다,
　그 욕은 네가 우리에게 한 욕이자 우리도 네게 하고 싶은
욕이었기에


관객 포함 최고 점수, 래퍼가 돌아왔다
네 랩을 우리 느낌과 환산해 보았지만
네 고요한 발걸음과 무표정이 가리키는 건
화려한 무대 위 머리가 닿지 않는 천장 조명뿐,
한 번도 느껴 보지 못한 네 시선이
우리의 눈빛을 깊숙이 빨아들였다 놓아주었다
돌아보니 관객이 돌아간
뿔뿔이 빈 무대였다


끝내 모호한 눈빛에 붙잡힌
우리만 망했다 도저히 이겨 낼 도리가 없었다
너야말로 랩이라는 말로 랩을 놀렸다 놀고먹었다
우린 철저히 네게 이용당했다, 언더그라운드 무대를 딛고
번쩍이는 바지 지퍼에 금붙이를 가득 차고 등장한 햄릿 왕자

말을 뚫고 온 네 비트의 화려한 등장을

환영하기 위하여

• 셰익스피어의 희곡 『리차드 2세』.

# 깡, 라스트 댄스

오늘도 너는 푸른 공의 궤적을 그리느라
1일 1깡*, 네 목에서 어깨로 내려오는 지느러미 댄스
춤바람이 나면 구글 어스를 돌리느라 밤새는 줄 모르고
빙산 아래 펭귄의 수백 개 다리가 사라지고
스텝을 고쳐 밟다 얼음 층에 발가락이 걸려
물살에 거꾸로 처박히는 걸 보며 웃고

미녀 사제를 피하려다
1시간 1깡, 그녀의 총이 불을 뿜고
해변에 널린 네 시체가 각을 맞춰
북극의 밤과 남극의 낮이 피로 맞물리고
너 혼자 도망 다니는 게임, 고래 사냥과 피구
지구가 무슨, 극과 극을 잡아당기는 놀이터인가
스텝이 엉킨 채 손가락으로 공을 튕기며 무슨 핑거 댄스
를 추는 거야?

죽어 가면서도 여사제에게 손 내밀어
그녀의 제단 위 라스트 댄스를 추고

지구의 어깨가 구겨지는 방향으로

1분 1깡, 네게 보낸 내 빙산 문체

어젯밤의 형용사는 아침이면 유치해지고

바다가 뿜어 올리는 비명, 1톤 플라스틱과 폐비닐을 토하며

오래 숨 참기 게임으로 꼬박 새운 고래 배 속

터질 듯 복수처럼 내지르는 단말마에 내 몸이 부풀어 오르고


SOS, 빠져나갈 구멍도 없이

고주파를 쏟으며 배를 뒤집고 허우적대며

쓸려 내려가지 않으려고, 뒤로 넘어져도 일어서는 게임

왜 넌 죽어 가면서도 여전사의 노래만 부르는 거야?

1초 1깡, 지구 끝까지 도망가다 플라스틱 수프보다 부드러운

내 목구멍으로 술술 넘어오는 네 피를 마시며


저 세계 밖, 시체로 떠오른 우리

우주의 합창이 되어 울려 퍼지고



* 가수 비 씨의 노래인 〈깡(Gang)〉의 영상을 하루라도 보지 않으면 입안
  에 가시가 돋는다는 뜻.

43

# 즉흥 환상곡
—Havana

넌 333, 남선창고에서 출발한 쿠바행 버스

난 99, 이어폰을 끼고 창에 대고 입안으로 구구대는

넌 쿨쿨, 고개 박고 환청인지 환상인지 모를 노래의 꿈속
을 헤매는

난 상해 골목, 외롭고 괴로우면 눈물 콧물 고추짬뽕 입맛
당기는

넌 내가 노래해야 하는 음악이야*, 껄렁과 시시껄렁 사이로

난 조곡을 듣고, 야음을 틈타 이바구공작소에 나타난 늙
은 래퍼

넌 내 자존심, 그래 내가 가수 둘을 키웠어, havanavana 알아


Ooh-na-na 살다 살다 이런 꼴 첨 당해 봐

네 이명의 비위를 맞춰 주지 않을 거야, 베이비


넌 186, 급경사 길모퉁이에 급소가 찔려 아랫동네 불빛
이 된

난 386, 조화를 들고 망자가 된 네 골목집을 찾아가는

넌 청바지, 방탄 피부처럼 달라붙은 가랑이에 아직 파도
가 흥건한

난 슈바이처, 체온이 느껴지는 장기려 박사의 청진기를

만져 봤어

　넌 김민부** 전망대, 모노레일에 몸을 싣고 무한궤도 바다를 떠도는

　난 연기, 불을 피워 달랬더니 몸을 태워 버린 쿠바산 시가 같은

　내 사랑, 바닷바람이 부네, 이바구길마다 목쉰 카리브해의 바람이


　Ooh-ooh-ooh 살판났네, 울다 지친 노래

　입을 맞춰 부른다고 우리 몸이 불타오르지 않아 파도만 불타올라


　* 쿠바 작곡가 토니 피넬리의 곡.

　** 「기다리는 마음」을 쓴 시인, 불의의 사고로 요절했다.

눈과 랩


문을 열자 검은 눈
연습장에 모일 눈빛 대신
암전이 된 네 무대가 다가왔다

소리의 눈과 약동을 그릴 수 있을까
후렴보다 서둘러 앞자리 랩 가사가 물러나고
바지춤에 얼룩으로 내려앉는 눈과 랩
객석 맞은편 벽 때가 낀
노이즈가 증폭돼 올라왔다
빛의 주름이나 주름진 빛이나
아무 버전의 노래나 무대 뒤, 홀로 메아리쳤다

끝내 조율하지 못한 전자기타를
내려놓다 떨어진 음향들을
발견했다 다들 어디로 사라졌나
조명이 닿을락 말락 길눈 어둔 연습생들을 주워 모아도
노래가 멈춘 골목길들, 말라비틀어진 꽃다발과
커튼 뒤 던져 놓은 쓰레기봉투 속 음표들

내일도 연주는 시작되지 않을 것이다

마음을 고쳐먹어도 고쳐먹지 못한 버릇만

철컥 도어록 소리를 냈다

이제 알바로 록을 해야 할까 아니면 샛길로 새

다 때려치우고 콜라텍으로 넘어가

강렬한 힙합에 본토 랩을 불러 줄까 엉뚱한 상상도

돌려받지 못한 레슨비와 함께 우편함에 가지런히 꽂혀

있을 것이다


한 번도 뜯어 보지 못한 악기로

첫 무대에서 무대를 뒤집어 놓고 그걸로

끝이었다 밖은 진눈깨비

허파가 뒤집힌 즉흥연주로 채워진 기타 등등의 밤

무대도 객석도 아닌, 악보도 없는

한 음 한 음 네 눈 속


가사도 주소도 모를, 당장 죽어도 좋을

꽉 찬 랩이 내려왔다

# 펀치 볼, 2021


눈 펀치 한 방에 나가떨어진 너
링에서 일어서기를 기다리다 못해
같이 녹다운된 내가 네게 보낸 랩 2021


받아라, 눈의 흰 칼날
피어라, 랩의 검은 피


큰대자로 뻗은 얼음이 된 눈의 물음,
너는 언제까지 너냐
어디에다 너와 나를 내버려 두고 왔나


바운스 바운스, 겹겹 냉동 인간이 쌓인 링 바닥
왜 물은 불보다 오래 살아남았나, 플로우 플로우


얼음 역사, 2021에서 30을 더하고도 남을
얼음과 물음 사이 눈밭에 너와 날 내다 버려 켜켜이 쌓
아도
사각의 링, 훌쩍 백 살 먹은 영원한 현역, 내 로프에 튕
겨 나오는
생생한 네 숨소리만 느껴져

\>

강펀치가 내 몸을 관통하는 동안

다운되면서 내민, 허공에 멈춘 주먹과

쿵 네 심방과 내 심실 사이 정확히 들어온 랩 한 방에


쭉 뻗어 버린 바닥

내 눈 위로 별빛만 춤추고 있다

# 방콕 씨 병

네 곳의 모서리가 조여 오는
네 목을 가만가만 죄어 오는

사각의 상자, 입구를 찾고 싶어도
부들부들 손이 떨려
방에서 한 발짝도 나가지 못하는 병
상자 밖은 너무 무서워
상자 속은 너무 외로워

안과 밖이 고아처럼 고독해
오도 가도 못 하는 불치의 병
앱과 웹에 빠져 아침이 저녁이 되고
수만 와트 고속 무선 충전의 밤을 지나
게임 마니아의 위엄을 되찾자 덜컥 찾아온 병,
문밖은 시시하기 짝이 없는 이차원의 허허벌판
밖으로 나갔다가도 조롱 속의 새처럼 방 콕 숨어드는

네 목을 방문에 걸어 놓아야 나올 수 있는 병
다 닳은 키보드와 식은 라면 국물 사이를 시계추마냥 진
동하다

잠결에 삐뚤삐뚤 써 놓은 유서를 머리 위로 날려 버린
웅얼웅얼 혼잣말만 웅징한 사운드 효과음을 타고
별처럼 돋아나는 밤

여기 최초로 방콕 씨 병을 발견한 자
그 병에 걸린 나, 이 방에 묻어 다오
밤낮이 바뀌어도 멀쩡하던 방이
네 목 뒤로 흘림체처럼 구부러지고
우주보다 크고 넓은, 방구석으로
쓰러질 듯 귀퉁이보다 먼저 머리통이 다가와
억 소리와 함께 방바닥이 거뜬히 날 받아
짐짝처럼 침대 한구석에 포근히 안아 줘

누렇게 색이 바랜 달력 속
방 안에 말라 죽은 화분처럼 해가 바뀌도록
혼자 자전하는 네 몸을 한 번 더 쭉 뻗게 한 다음
뒤로 꺾인 거북목의 미라를
벽화 속 아바타로 순장시켜

방이 아닌 바깥 추운 간이역 의자에서 생을 마친 위인에게

방콕 씨가 삐치듯 써 놓은 말, 방 안팎이 방이라서 좋았다고

문을 열자 훅 끼쳐 오는 시취까지
부장품 1호마냥 쑥 내미는 병
네 문에 걸린 목을 풀고서야
방에서 풀려나 손만 뻗어도 뚜껑이 닿는
작고 가벼운 피크닉 상자 속으로 옮겨 놔
영혼에 꼬리표까지 달면, 삼십팔 번 영구차를 타고
생전 처음 우리, 상자 밖으로 놀러 갈 거야

**제2부**  네가 나인 게 기뻐

## 연금술사의 손

무슨 일이 벌어진 거야
단지 가방에 손을 뻗었을 뿐인데, 모든 게 바뀌다니
무거운 줄 모르고 던지듯 열어젖힌 가방 속
마법처럼 금괴가 가득 차 있다니

소리에 이끌리듯 밤 부두를 끼고 차를 몰았다
스치듯 눈에 띄는 가방 같은 것
007 가방의 주인공인지 모를 그들, 무언가를 들고 다투
고 있었다
칼인지 각목인지 알 수 없었지만 삼십육계 얼른 내빼는
게 상책,
가방이 말려들 듯 검디검은 내 손을 거머쥐었다
어떻게 그 소란을 피해 왔는지 알 수 없다
누군가를 부르는 날카로운 소리만 밤하늘을 찔러대고
줄줄 식은땀만 흘러내렸다

가방을 열자, 후광처럼
손안 가득 금빛 선율이 튀어 올랐다
보일러실 귀퉁이에 가방을 던져 넣고 벌렁 바닥에 드러
누웠다

좀체 흥분이 가라앉지 않았다 몇 번이고 일어나 커튼을 들쳐 바깥을 살폈다

아무 데라도 쓰러져 잠들기 전

뭐라도 끼적여야 했다 찢어진 종잇조각에 스쳐 가는 악상을


꿈속까지 가방이 찾아왔다

도대체 누구야 너, 내 시커먼 안쪽을 뒤집어 보여 줄까 여기가 어디라고

들어오면 아무도 못 나가

어디까지 도망갈 수 있다고 생각해 지구 끝까지 널 찾아갈 테야


꿈 안팎으로 가방에게 쫓기고 있다

10년마다 금궤를 하나씩 꺼내 팔아 집도 사고 차도 바꾸는 꿈을 꾸었다

금이 손에 들어온 게 아니라 내가 미다스의 손이라는 생각이 들었다

중급 연금술이라도 배우고 싶었다


밤길엔 뒤를 돌아보거나 무언가 메모하는 습관이 생겼다

두근거림을 되찾고 싶을 땐 그날의 메모 쪽지를 꺼내 보았다
30년 전 그 날짜 그 시각에 박혀 말라붙은
날 꺼내 다오, 쓸모가 없어진
밤마다 쑤셔 박힌 메모들로 배만 부른
공복과 공허가 번갈아 내 멱살을 잡고 질질 끌고 다니는

누군가에게 말하지 않으면 죽을 것 같았다
발설되지 못한 노래, 내 몸을 갉아먹는
그 노래와 함께 철컥 트렁크 잠금장치를 풀고
나를 처넣은 후 지퍼를 닫아 다오,
추억으로 지난날을 금칠한
텅 빈 악보와 끝내 개사하지 못한 내 도금의 노래를

잠시도 눈을 뗄 수 없는
눈에 띄는 무엇이든 녹여 순금의 나를 만드는
다가갈수록 멀어지는 빛
아무것도 쥐지 못하고 스르르 펴진
죽은 연금술사의 손바닥을

## 노래, 빌어먹을

비루먹은 개처럼 길에서 죽을 것이다
낡은 기타 하나 등에 매고
술기운이 흘러내려 흐리마리해진 시야엔
콩나물 대가리와 끊어진 기타 줄과 빌어먹을, 누가 걷어차
쭈글쭈글해진 개 밥그릇만 남을 것이다

몇 번의 격전에도 살아남았다
누굴 먼저 건드리는 법은 없지만
밤무대 가수라고 던지는 맥주병과
걸어온 싸움을 한 번도 피하지 않았다
무대에 명줄을 건 뮤지션에겐
살점이 뜯겨 나가도, 순순히 상대의 급소를 입에서 놓치
는 법이 없다

구부정한 등짝, 듬성듬성 털은 빠졌지만
어깨에 새겨진 견장을 빛내며
한 번씩 으르렁거린다, 국물이 흐르는
누런 이빨에 찢어진 종량제 봉투와
한국 가요 50년사가 페이지가 뜯겨 나간 전쟁사처럼 펄
럭인다

\>

조심스레 옆구리를 건드리는 손

늙은 줄만 알았는데 힘도 다 빠졌군,

다 아문 흉터를 쓰다듬어도 으르렁대던 너

눈을 내리깐 채 쭈뼛쭈뼛

이를 드러내지 않으려고 바닥에 꼬꾸라져

뼛속 깊은 추위에 순식간에 무장해제된 채

잠깐 말개진 눈동자로, 누구신지


노숙인 쉼터에서 나왔는데요,

여기 이러다간 얼어 죽어요

어서 일어나시죠, 목을 꽉 조인 기타 줄을 풀어 준다

# 클래식 이발관

밑 빠진 재래식 세면대
코를 찌르는 비누 냄새 속
메아리쳐 오는, 난데없는 클래식 곡

이래도 불지 않을래,
어휴, 이 놈 머리에 붙은 비듬 좀 봐

숭숭 뚫린 구멍이 다가와
덜컥 뒷덜미를 틀어잡더니
벌컥벌컥 입과 코 속으로 쏟아 내는 경쾌하고 빠른 곡들

숨 막힐 듯 차가운
비명에 잡아먹혀 비명으로 꽉 채우는
물의 송곳에 찔린 에코 효과음으로
아린 눈알에 박히는 아리아

심장이 터질 듯 블러스 시프트*
직전까지 도달해서야 비로소 바닥에
바닥 직전의 바다에
눈의 실핏줄이 다 터진 빙산 바닥에 다다라, 마구 틀어

놓은 아우성


한 줄기 빛마저 삼키는
구멍마다 피로 쓴 악보 속
들이킨 그 선혈이 울컥 뱉어 낸 내 숨소리였다니
까마득히 귓등을 스치는, 비듬 떨어지는 오선지마다
혼이 나가는


식어 가는 머리카락 끝
물의 손아귀에 촘촘히 잘려 나간
칼과 가위 소리에 맞춰
드넓은 깊은 평화가 타일 바닥에
수도꼭지마다 피의 유전이 터지는


뜨거운 바람에 사로잡혀
목덜미는 시원하고 머릿속마저 개운해지는
쑤욱 세면대 위로 누군가 거꾸로 내 머리통에다 비듬 합
창곡을 쳐들 때


* 블러스 시프트: 수심이 깊어지면 폐의 혈액이 조직으로 이동해 더
  이상 수축이 되지 않는 현상.

# 즉흥 소나타

차창 밖 비린내가 훅 끼쳐 왔어
물살 속 한 계단씩
소리 한 음계가 가라앉을 때
귀와 함께 소나타도 사라졌어

봄 마중 가자고 한 건 거짓말,
저 물을 건너지 말아야 했어
아이와 함께 2단 기어로 미끄러질 때
바다를 두 쪽으로 갈라놓아야 할 타이어 아래
손을 넣어 봐, 거기 1센티
부드러운 엔진의 힘으로 내려앉는 네 심장 속이야

가슴 위 그윽이 차오르는
비린내를 생목으로 노래해
벌어진 창문 틈으로 꿀꺽
악전고투하던 바닷물이 입안에 쳐들어오자
목을 감아 오는 짜디짠 네게 울며불며 사정사정
싹싹 빌어 봐야 소용없어, 이제 와 엔진 꼬리에 매달려
죽음의 상환기간을 잠시 미뤄 달라고

입 다문 물의 압력이 조여 와

순식간에 음악이 끊기고 5단 얼음처럼 굳어진

여섯 개 다리로 시동 꺼진

장엄미사가 흐르는 1센티 허파 속

숨찬 천연 풀장에서 만나, 우리

그러지 말고 한 곡 뽑아 봐 당신

봄나들이 와, 눈물 짜는 노래 말고

유채 줄기처럼 빼지도 말고, 즉흥 연주에 맞춰

이 날비린내 나는 노래는 언제 끝나는 거야

정장과 드레스 좍 차려입고

해저 디너쇼에 달빛 소나타를 들으러 가는 거야


7단 8단 파고드는 음악이

우릴 환영해, 멸치 떼가 물속에서 튀어 오르는 춤곡이
라는 건

거짓말, 심해도 우리에게 무심해

자세 나오지, 푸쳐핸섭, 수면 위로 손을 뻗어

소네트 한 곡 청하는 거야

한순간 연주 솜씨가 늘었어, 멋있는 코너링으로 걸어 나
온 네가

헛도는 수레바퀴 교향곡에 가슴을 내어 주기 전

# 치설齒舌의 노래

여기가 어디, 사방으로 열린 대낮
네 발로 내가 벌벌 일어나려는데
발이 없다 끈적이는 몸통과 이빨뿐
막 갈아엎은 달팽이 호텔 로비에서 나는
향긋한 소리, 윙윙 모기 소리, 난데없는 벼룩의 춤사위에
쫑긋 달팽이관을 세우려는데

노크 소리, 깍듯이 예의가 몸에 밴
호텔리어가 벌컥 문을 열고 들어섰다
난 반사적으로 흰 이빨을 드러내 보였다
살랑살랑 봄바람 속으로 우리 저기 푸른 샐러드를 먹으
러 가요
네 미소 띤 얼굴에, 나도 괜히 입꼬리가 치켜졌다

더듬이를 내밀어 풀밭에 신문지를 펼쳐 놓고
네가 손으로 뜯어 준 갓 구운 빵을 꼭꼭 씹었다
이빨이 혀에 닿을 때마다 입가가 맑아지는 느낌,
물을 마셔도 목이 막혔지만
사각사각 내 치설로 낸 등껍데기 구멍마다
꿈속까지 난반사되는 노래가 기분 좋게 귓속을 파고들었다

\>

말이 없어도 햇살 바람 다 좋은데
왜 자꾸만 뭘 씹고 싶어질까
그냥 느릿느릿 움직이는 줄 알지만
3천 개의 이와 혀로, 밤낮없이 씹고 핥고 삼켜도
쉴 새 없이 이빨 가는 소리가 날 다그치는 느낌,
내 몸을 덮고 있던 악보를 치우고
빽빽한 음계 사이로 더듬더듬 빠져나와
빈 나선형의 난간을 돌아 공원 계단을 꿈틀꿈틀 기어 와
고독에 지친, 흰 점액질의 웃음을 흘렸다

끈적이는 배로 흙을 밀며 네게
달팽이 알 개수만큼 키 번호를 내밀며 체크아웃,
오래 기다린 달팽이 호텔에서
겨우 빠져나온 곳이 내 죽은 껍질 속이라니
빌어먹을, 잘 차려진
네 나신이 누워 있는 접시 위
허물 벗고 나온, 치설의 노래만 쩍쩍 입맛을 다셨다

누가 휙 신문지를 펼치자 햇살 아래 내 맨살이 드러났다
나도 모르게 공원 벤치에서 일어나

공기처럼 감싸 쥔 신문지를 떨치고 나오자
그늘에 깔린, 내 이빨이 다 파먹은 활자 사이
벼룩 신문 구인난에 코 박고 자는 소리

듣는 사람 생각도 해 줘야지,
대체 똑같은 레퍼토리로 몇 년째
마르지 않는 잠꼬대 노랫가락만 우려먹는 거야

# 숨그네

바지가 그네에 걸려 있다
흔들릴 때마다 먼지가 풀썩,
당꼬바지로 주저앉은 남자의 빛바랜 봉투 속
아이의 입이 삐죽 튀어나와 있다
둘 다 뿌옇게 초점 없는 각도로
사이좋게 앞을 보고 있다

쪼르르 꼬맹이가 남자의 곁에 왔다가
뒤에서 소리치는 익숙한 목소리에 흠칫 물러선다
그도 반사적으로 소리 쪽을 향해 몸을 돌렸지만
목소리에 끌려가는 아이에게 뚫어져라 고정된 눈을 빼곤
이내 제 자세로 돌아온다
잠깐의 소란도, 삐거덕거리는 그네의 움직임도
어스름의 정적에 꼬리를 감추는 변두리 놀이터

군청색 양복의 소맷귀는 팔 끝
햇살이 닿지 않는 위치에 껑충 멈추어 있다
어릿광대의 분장으로 변장한
그늘과 잡티가 잔뜩 내려앉은 남자에게 다가와
일부러 인사할 아이는 없다

익숙해진 홀대에 더 짙어진 다크서클,
　미끄럼틀을 타고 쿵 시소에 걸린 꼬리뼈가 해거름 쪽으
로 주저앉는다

　공중으로 쑥 떠오른 남자
　공기 빠진 웃음을 흘리는 사이
　시소 맞은편에 앉은 또 다른 아이
　받을 사람도 주소도 없이, 봉투의 겉봉 위
　취하기조차 힘든 동작으로 두 곡예사가 날아오른다
　쌍무지개 자세로, 철봉에서 손을 놓쳐
　얼굴에 붉은 동심원 자국을 그리며 납작해진 유인물 사
진 한 장으로

　동네 놀이터에서 무지개를 따라간
　아이를 찾아 주시면 후사하겠습니다

　일어서다 바지의 꼬리뼈에 걸려
　휘청거리며 사라진 벤치 쪽으로 녹슨 그림자를 늘어뜨린
　무언가 잊은 듯 돌아서는 피에로의 숨그네*
　지구의 자전 소리를 허밍하고 있다

안간힘으로 쥔 손의 악력으로

쇠줄을 마이크인 양 뽑아 들고 당꼬 춤으로 까닥까닥 박
자를 맞추며

십팔번이라도 한 곡 뽑을 기세로,

* 숨그네: 헤르타 뮐러의 소설. 인간의 숨이 삶과 죽음 사이에서 그네
  처럼 흔들린다는 뜻.

# 흡타액귀 吸唾液鬼*

네가 나인 게 기뻐
열은 오르지 숨은 막히지
들어 봐, 네 목덜미에 내가 튈 때
나야 나, 이어진 스타카토 내 재채기 소리
이미 썩어 가는 시취 같은, 네게 내뿜는 죽은 내가 맡아져?

검은 망토를 휘날리며 날아간다고?
네 콧잔등에 내가 박힌다고 생각해 봐, 얼마나 짜릿해
스쳐 가는 네 체온과 비말의 유속만 정확히 느껴져
관 뚜껑을 열고 일어서는 자정까지
너 없인 못 살아, 심심해서

날 피해 달아나고 싶다고?
낮이고 밤이고 암막이 쳐진 네 방, 무슨 박쥐 소굴도 아니고
밤낮없이 잠만 자는 네게 다가가
흰 형체를 빛내는 나, 어둠이 발광하듯
네 속을 돌고 있는 신선한 피톨들이 그리워, 난 흡혈귀야

너 없인 못 살아
네 몸에 찰싹 붙어 죽도록 널 사랑할 거야

복제된 네 다리에서 희디흰 날개가 기어 나오고
꾸불텅꾸불텅 뱃살이 미끈한 복근 쪽으로 기어 들어가고
내가 증식해 갈수록 고여 있던 더 깊은 어둠들이 황금박
쥐처럼 날아오르고
내가 점점 말라 갈수록
벌써 네 눈에서 살기가 느껴져

숨의 열기가 머리 뒤를 후려쳐도
에이, 거짓말, 누굴 해하려는 게 아냐
날아라, 내가 네게 대못처럼 박히도록
정확히 네 허파꽈리를 꿰뚫어
피톨들이 다시 뛰고 내 숨소리가 부활하고 있어

눈 뜨면 내가 마를 새도 없이
입맞춤해야 해, 입에서 입으로 교환된 귀신들이
숨과 숨 사이 한숨으로 증발하도록
널브러진 이불 홑청 뒤집어쓰고
침방울이 닿지 않게 키스와 키스, 난 네가 나인 게 기뻐

* 흡타액귀吸唾液鬼: 침 혹은 침을 빤다는 뜻.

# 코로나 블루스


이젠 궁금하지도 않아

네 음역대가 어딘지, 날 피해

문을 걸어 잠그고 어느 구석에 숨어드는지


가슴에 물컹한 게 느껴져?

그게 내가 쓴 주홍 글씨야, 솟아오른

젖꼭지를 엎어 놓아도 네 귀에 죄악의 목록들

징그럽게 따라붙어, 널 누르면 내 몸이 먼저 달아오를

까 봐

문마다 성감대처럼 붙어 있는 초인종

누르는 순간 네 몸속을 미쳐 날뛰는 스피커 소리, 볼륨

을 줄일 수 없어


널 누르기 전까지 고요라고?

난 몰래 지문을 닦지, 무음의 진공 속

이 집 저 집 소리 무늬로 따라다닐 뿐 세상은 둘로 나뉘

어, 확진자와 비확진자

죄짓고 우는 자와 들키지 않고 웃는 자

네 동굴 앞 귀신도 모르게 택배 상자나 놓고 올 거야

\>

너 없어도 세상은 잘 굴러가

자가 격리된 밀실 속 돌림노래들이 꼬리를 물고

허파꽈리 속으로 사라질 거야

빈 방을 울리고도 남은 음의 폐활량만큼

네 부재를 알려 줄 거야


잘못 짚은 건반 위로

발작하는 코로나 모음, Zip

구름 악상이 솟아올라 난 흐린 불협화음이 좋아


가슴 쭉 펴고 나와 봐

네가 꼭꼭 들어앉아 혼자 불에 타 허옇게 식은 재로 살아
가는 게 싫어

간수처럼 몸 하나 간수하는 게 무슨 큰일이라고

서로 붙어먹고 빌어먹고 뭉치고 외치고 소리 지르고 난리
블루스를 추는 게 일상인데

왜 이제 와 재의 밤 속으로 숨어드는 거야


햇살 좋은 날 널 연주하다

앙상한 어깨에 기대, 블루스를 추다 죽어 갈 거야

나도 내가 싫어, 가슴을 짚다 미끄러져도

미친 음감, 풀어헤치고

# 코호트성에서


앙코르, 코로나 1악장
네 노래를 영혼으로 들어요
당신의 기침 소리로 끝난 합주 소리를

당신의 기침은 반복되는 음률
방이 춤추고 당신의 뺨이 일그러지고
성 안에 콕 박힌 당신의 침방울과 가래로 연주하는
오늘의 곡목, 격리자 칸타타
방문은 물론 내 폐 세포까지 걸어 잠가도
아무도 찾지 않는, 코호트성의 밤을

당신을 거두어 하늘로 보내 드려야지
아무리 낡은 시신이라도
이 누추한 성에서 꺼내 줄 수 없어
떠난 건 맞는데 정작 떠나지는 못한
나도 당신 뒤를 따라갈 채비에 분주해
장의사나 하객은커녕 사람 코빼기 하나 보이지 않아도

연주가 끝나자 느닷없이
쾅 포르티시모로 유라시아를 건너와

문을 차고 들어오는 역병과 괴질 3악장
아무도 막을 수 없어, 한밤중 문을 두드리는
흑사병과 홍역과 죽은 아이와
4악장을 송두리째 넘겨 달라고 우는 영혼의 탄식을

간주곡처럼 달콤한 그 밤의
당의정 같은 음악이 되고 싶어요
먼 항해에 지쳐 몸을 누인 저 침묵의 수도자,
놀람 교향곡에 깨지 않도록
페스트와 마녀사냥과 중세의 밤을 지나
가장 높은 옥타브, 마지막 세기까지 끌어올려
사라진 당신과 나를 잠재우는 자장가가 되고 싶어요

주문처럼 묵시록을 덮고
이불에 둘둘 만 봉분 위
내 헐떡이는 가로막을 조등처럼 높이 걸고
조문 온 단선율의 불빛과
창밖 길가에 비친 쥐 떼 그림자를 곡비로 불러와
그레고리오 봉쇄수도원에 살아요

\>

앙코르, 저 외치는 침묵 사이
삐걱거리는 침대가 닿는 구석방에 감금된, 집 안의 홈리스
가슴 깊이 프레스티시모로 울부짖어요
두 개의 시신으로 봉인된 밤을

## 날개와 마스크

나비 날개처럼 나풀나풀 마스크가 걸어온다

희고 검은 날개를 빛내며 걸어오는 나비 군단, 천 개의 날개는 천 개의 공기를 틀어막고 KF80은 KF94의 고독을 모르고 훌쩍 마스크 속 코와 목이 사라지고

나비의 주인공, 넌 날개의 무게만큼 비틀거리고 너의 날개와 날개의 너를 구분할 수 없어 지하철로 내려가는 사람들 사이로 기침 소리 그치지 않고 이상하다 돌아보니, 이상李箱이다

격리된 병실 마스크 안쪽까지 자리 잡은 병은 더욱 쑥쑥 자라나 어디로 가시는지 멜론을 먹고 싶소, 그의 마지막 말은 결핵균에게 하는 말, 나비가 멈춘 곳이 멈추기 직전의 너

날개에 갇혀 사방이 닫힌 문 안팎으로 콧구멍이 열리거나 닫히거나 숨은 쉬고 숨을 쉴 수 없을 것 같아 입을 다물고 가야 할 곳이 없어 전동차 지붕에 매달려 가는 너도, 모르는 사람

&gt;

아직 우린 균과 바이러스의 식민지인가, 벌레처럼 왕관
처럼 생긴 그들과의 전쟁사를 펼칠수록 더욱 널 알 수 없다
참호 속 같은 네모난 병동에서 네 사지와 마비를 숨죽이며
지켜보느라 단단한 유리창만 그러쥐고


네 혼과 난 혼인비행 중
박쥐 그림자가 어른거릴 뿐, 석 자이자 두 자이자 무수
한 네 이름
자꾸 쓰러지려는 내 몸의 중심을
날개로 끌어올리다 마스크가 벗겨지고


마스크는 지상으로 올라오고 한 번만 날아 보자, 진공관
을 돌고 돌아 빈틈없이 자란 거울 앞에 너는 쓰러지고 지하
의 문이 열리기 직전, 네 얼굴을 마스크로 빈틈없이 틀어
막아도


죽어서야 벗는 얼굴
오랜 비행에 지친 왕관 속
무음의 빛나는 레일 위로, 각혈한 네 이름이 솟아 나오고

## 버킷 리스트


함부로 내 똥구멍을 걷어차

내게 남은 하루를 사는 기분으로

내 밑구멍에 기생하는 암치질로부터

생환 훈련하듯 번쩍 머리끝까지

힘껏 차가운 물 한 동이를 들어 올리는 기분으로


내 목에 손댔단 봐, 내가 나를 만져도

목 밑까지 벌겋게 간지럼 탄단 말이야

시야를 가린 내 눈에 낀 백태와

혀가 만발이나 빠지도록 달리다 넘어진, 고독에 우는 내 등뼈를

가만히 쓰다듬어 주는 기분으로


넌 누구냐 물으시면

난 내가 빼 준 간과 쓸개다, 얼렁뚱땅

얼토당토않는 주술에다 곧 들통날 사기까지 치면서

꽉 문 입에서 개나릿빛 황달을 꽃피울 때까지

꽉 다문 무릎에서 뻣뻣해진 관절을 만지는 기분으로


변사 기록이나 내봐, 죽은 줄도 모르게

휙 건네는 A5 용지에 손끝을 베는 기분으로

리스트에 오른 건 다 해 볼 작정,

시의 천국에 오르려고 지옥을 견디는 기분으로

그래 봐야 시시한 시 한 줄

머리와 가슴 사이에 놓인, 그보다 먼 거리로 첫 백일장
에 나가는 기분으로


희망 없이 긴 서사시보다

절망 없이 짧고 굵은 삼행시나 써야지

아무리 재주를 부린다고 시가 되나, 에이, 지가 무슨 시
의 달인이라고

막가는 막다른 말이라고, 마지막까지 발버둥 치다

내 마지막 남은 일 분 일 초

생일 케이크에 고개를 푹 담그고 숨이 멎는 기분으로

아우우우
—아우에게

한밤중 이불을 떨치고 일어선 건
꿈속 이명처럼 들려온 하울링 때문
네 궁벽한 방에 몸을 뉘었다
머리를 붙잡고 일어난 건 내 꿈속을 흔들어댄 늑대 울음
소리 때문
가까운 묘에선가 아니면 먼 선대 어른의 묏자리에선가
윙윙대는 죽음이 지척에 있었기 때문

궁류면 땅 몇 평, 네 거처를 마련한 건 어떤 사건 때문
주민 몇십 명을 총으로 쏴 죽인 유명한 사건 때문
그곳 땅값이 쌀 거라고 믿었기 때문
더 가까이 의령문화원이 생겼지만 허허벌판인 곳, 우리
헐벗은 몸을 훌훌 내던져도
아우우우 포근히 몸을 감싸 줄 늑대의 고향

방문을 열자 코끝에 닿는, 피 냄새
다음 지도에서 보는 것보다 훨씬 좁은 마당 한쪽, 집칸 대
신 컨테이너를 갖다 놓았는데
방엔 허름한 옷 몇 가지와 단출한 세간이 전부였는데, 저
녁을 먹는 둥 마는 둥

잠자리에 들었다 가위눌린 악몽에서 소스라치듯 깨어난 건
멀리 내 배 속까지 긁어대는 선지 냄새 때문, 아우우우

꿈속 네 이빨 가는 소리에
뜯어 먹힌 내 팔다리가 저려 왔기 때문
너와 사소한 일로 다투다, 네 헛웃음을 피해 내가 휙 얼굴
을 돌렸을 때
늑대를 보았기 때문, 외로움에 미쳐 가는
네게서 늑대보다 진한 피 냄새를 맡았기 때문

한밤중 오줌 누러 혼자 나왔다가
바깥 간이 화장실에서 마주친 면민들
어떻게 지내시는지 널 자리는 편한지 밤엔 시끄럽지 않으
신지
친구가 이갈이가 심하거든요, 안부를 물으려 했는데 물을
수가 없었던 건
밤하늘 가득 돋아난 늑대 이빨들이 날 물어뜯으려 했기 때문

다시 코끝, 다가온 처녀자리 별
오줌을 누다 말고 그 별을 물끄러미 올려다본 건 하늘에

서 드르륵
    내 가슴팍에다 총알을 갈겨댔기 때문
    이빨을 빛내며, 쫑긋 세운 귓속
    탄창 가는 소리를 들은 건, 땅바닥에 쓰러져
    별무늬처럼 발밑에 흩어져 간 내 오줌발 소리 때문, 아
우우우

# 2시의 영혼

전철 승강장 한쪽 벤치
중년의 남자가 누가 빼앗아 가기라도 할까 봐
중고 라디오에서 흘러나오는 2시의 FM을 꽉 끌어안은
채 졸고 있다
한눈에도 음악에 영혼을 뺏긴 자다,
그 때문에 라디오에 중고의 영혼이 생겨났다

양손을 당겨 카세트 라디오를 틀어쥐었을 뿐
영혼까지 탈탈 털리다니
한 뼘도 안 되는 곳에서 마주친
털썩 눈앞에 놓인, 냄새나는 2시의 영혼이라니

우리가 FM에서 흘러나온 우연한 음악이라면
노래에서 놓여나기 전 라디오 속으로 들어가야지

꼼짝없이 노래의 우리에 갇힌 우리
거긴 호랑이 굴속, 불을 켠
호랑이 눈에 비치는 건 컴컴한 지하도 아래
무엇이든 들어가면 축축해지는 음정과
낡은 음표뿐, 호랑이 이빨에 다 파먹히고 뼈와 해골만

남은

누가 2시의 영혼을 깨울 것인가
지하철 경찰대가 온다거나 119가 출동한다거나
그런 건 우리가 상상하는 그림,
뭔가 만들어 내고 쥐어짜는 것까지는 누구나 할 수 있다
머리에 불이 확 점화하는 순간의, 호랑이 포효로 가슴이
찢어지는 전율이 필요하다

흔들림에 잠깐 눈을 떴지만
너는 여전히 잠과 라디오의 무게에 짓눌려 있다
덜컥 뒷목이 잡혀 숨을 헐떡거리면서 질질 끌려가
쿵 하고 우리 문이 닫혀도
손을 푹 찔러 넣은 옆이 다 뜯겨 나간 카세트 속, 삭아 부
스러진 네 살비듬의 반음계나 풀썩일 것인가

널 막아서며 내가 나설 차례
라디오 속 호랑이를 숨겼다고?
누가 그런 말을 해, 2시 반의 FM을 끌어안는다고 우릴
길들일 순 없어

라디오 속속들이 머리를 들이밀고
네가 잠꼬대처럼 사라지는 광경을 기계 속처럼 보고 있다

다만 무거워지거나 가벼워질 뿐 요동도 없이
불타는 음표를 머리에 인 너
혼이 나간 카세트 라디오 속
곧 피투성이가 된 노래로 나오게 될 것이다

## 뮤직 박스


날 꺼내 줘 이 울음 속에서
누르면 터지는, 후렴까지 다 끝내도록 그치지 않는


뮤직 박스 안 빙글빙글 돌아가는 인형
음악이 무거운 걸 모르는 천사거나 요요를 모르는 악마거나


이 발에서 저 발로 박스 위를 굴렀을 뿐
영혼이 밟히다니, 이게 있을 수 있는 일인가


구를수록 사방에 음악이 터지진 않아
구를수록 단번에 머리가 깨지진 않아


내 말 좀 들어 봐
스스럼없이 박스 속을 들락거린다 해도 음악이 치가 떨리
는 분노를 잠재우지 않아


온몸이 으슬으슬해, 더 으슥한 곳이라도
날 데려다줘, 아무 데도 나갈 데가 없어


엄마, 나 비트 박스라도 이 속이 더 편해

나오자마자 어디론가 노래의 날개가 사라져

베이비 박스가 턱 하니 내 눈앞에 떨어졌다
노래에 짓눌린 인형의 머리가 수박처럼 쏟아졌다

# 코로나땡 동그랑땡*

시장 구석구석 살피던 남자
몸에 덮어쓴 방호복을 찢으며 두리번두리번 누군가를 찾
고 있다
혼자 동그랑땡을 굽고 있는 으슥한 골목 끝
혼자 구부러진 여자의 등
혼자 난전에 서서, 굳은 어둠의 기름때를 닦는 여윈 목덜미
새로 등장한, 폭격 맞은 머리를 한, 또 한 여자가 지나가고

너는 남자의 방호복 밖으로 삐져나온 손 1
나는 여자의 손 밖으로 펄럭이는 소매 2

소매에게 다가온 5분 후의 손등에
다 드러난 남자의 핏줄
다 늙은 여자의 등을 껴안자
다 저녁 이게 뭐 하는 짓이에요
다 다리를 끌다 주저앉은 남자의 벗겨진 구두
다 오해야, 이건 마임이야 막걸리에 취한 밤이야

너는 손도 없이 손을 연기하는 여자 1
나는 발도 없이 발을 연기하는 구두 2

\>

이 여자 못 봤어요,

밤 고양이 울음을 내며 다가오는 남자

스치는 사람마다 전봇대 벽보에 애원하는 남자

스치는 오줌 지린내와 땀 냄새

스치는 고양이 그림자를 질질 유령처럼 끌고 가다

자기 그림자에 걸려, 한 줌 냄새로 흩어질 5분 후의

영원히 혼자인 밤, 전봇대 뒤 돌아보다 나동그라진

너는 여자의 손에 들린 동그랑땡 1

나는 남자의 소매에 묻은 코로나땡 2

시장을 돌아 나오면 다시 시장

스르르 여자가 결연히 뒤돌아보자

스르르 몸짓으로 변한 남자

스르르 5분 전의 내가 5분 후의 네게

스르르 무궁화 입술을 훔치려다 뺨을 후려 맞고 컷,

스르르 우선멈춤 딱 걸린 무궁화꽃

스르르 무대 뒤편으로 마임 연기처럼 빠져나와

너는 우아하게 걸어가는 여자 1

나는 성큼성큼 뛰어가는 남자 2

* 코로나땡 동그랑땡: 마이미스트 유진규의 무언극 〈첫 야행〉에서 시
상을 빌어 왔다.

**제3부**  미리 천국을 보러 가요

# 둠스데이 프레퍼스*
　―성聖 지하족에게


멋진 창간호 축시 하나 써 줘, 네 부탁에
왜 하필 나야 불평하면서도, 흔쾌히 오케이!


지하신문은 빈털터리 반지하 방
라면과 전투식량과 잡동사니가 가득 들어찬
골방에서 나오기 싫은 네 과대망상의 알리바이,
너는 말하지, 나올 리 없는 신문 실릴 리 없는 기사의
지하로 내려가는 문만 열면
삐거덕 신세계가 펼쳐진다고, 세상 곳곳마다 철커덕
영원히 봉인된 소식이 있다고


창간호 제목 '둠스데이 프레퍼스'
지구 탐구, 제하의 첫 취재 기사
"체르노빌 40년 후, 폐허에 버려진"
잡초들 사이로 비집고 들어가
무성한 개미, 귀뚜라미, 스윽 지나가는 말라 죽은 뱀 가
죽을 잡아 들여
펄럭이는 신문 속 포토그래픽으로 꾹꾹 눌러놓을 거라고


연재 기사 "후쿠시마, 십몇 년 후"

젖소와 고양이가 각자도생을 끝내고
혓바닥을 늘어뜨리며 멸종을 꿈꾸었지만
살아남은 개가 아무에게나
꼬리를 흔드는 사진, 던져 준 비상식량을 먹다 말고
끙끙거리며 따라오는 절뚝이는 다리 밑
온 지면을 개와 소의 울음소리로 호외 기사를 채울 거라고

버려진 곤충들, 반추동물의 되새김질이
혹독한 시간을 예고한다고, 이대로 죽을 순 없다고
컨테이너 요새 속 지하 벙커의 신문 속
숨으려 하지만 네 몸이 먼저 삭아 가는
골방의 향기 속에 반추하는 기억 속
손가락으로 넘기는 페이지마다
싱싱한 죽음이 살아 있다고

낙서만 무성한 내 축시를 대문짝만 한
신문 1면 톱으로 볼 수 있다고, 3D로 봉인된
폐허의 소리와 향기로 가득한 창간호
어느 갈피에선가 밥풀처럼 꾸덕꾸덕 말라붙은 네 등고선
의 눈물과

세계의 얼굴이 쩍 들어 올려지고

서둘러 폐간된, 살아 숨 쉬는 주검의 퍼포먼스가 펼쳐

진다고

* 둠스데이 프레퍼스: 인류의 멸망을 준비하는 사람들.

## 당신이 웃네요
―지하신문 축시


옥수숫대처럼 아이들이 밀려나고요

4초간 피의 속도로

환호성이 지나가고요

수수밭 가득 장중한 첼로 소리

몸 밖으로 그림자가 튀어나오고요


1분 후 피를 토하고 죽은

낙과 제거 작업이 끝나고요

4분 후에도 아이들이 부푸는 부레로

둥글게 알아듣기 힘든 노래를 꼭대기부터 차곡차곡 쌓아 올려

옥상 물탱크마다 돌고래 울음소리, 합창 교향곡처럼 튀어 올라

물의 척추가 부러지고요

사방이 고요하고요


8분 37초*

당신이 연주하면

나는 비누 거품처럼 사라져요

공중에 거꾸로 걸린 비보이처럼 후후 휘파람 불며

미리 천국을 보러 가요

당신은 핵구름 위에서 씩 웃네요[**]

## 플라스틱 섬

후무후무누쿠누쿠아푸아아<sup>*</sup>, 어디 있니?
후무후무누쿠누쿠아푸아아 섬과 함께 사라졌다고?

당신은 하와이산 열대어
난 모형 물고기, 결혼식을 앞두고
우리 사랑을 기념해, 일회용
은가락지에다 축가까지 마련했는데
당신은 어디로 사라진 거야, 에코 없는 이름
영원히 바다 위를 떠도는 섬

끝 간 데 없는 끝
한 발짝도 벗어날 수 없어
파도가 칠 때마다 눈물로 반짝이는
당신의 이름이 길어, 부르는 동안 아가미 접힌 주례사
와 함께
우린 외로운 섬 귀신이 될 뻔했지 뭐야
머리는 물속에 발은 허공에

하객이 오지 않아도
우린 뭉치는 힘이 있어, 헛것을 낳으려고

아무거나 먹고 아무 데서나 교미해

허기지면 양수 같은 바닷물이나 삼키려다

떠다니는 플라스틱만 삼켜, 먹을수록 허기져

배는 희게 부풀고, 등은 새 이빨 자국이 선명해

내 태어난 곳 바다 위 천국

백 년이 지나도 사라지지 않는 플라스틱 아일랜드


오늘은 목덜미까지 주홍 글씨로 물들어

가슴팍에 새길 A도 없어, 숨이 턱에 차도록 축가는

한 음이 모자라는 물고기 이름과 도돌이표 악보를

메아리로 되돌려 줄 것 같아, 냄새에 쩐 웨딩드레스라
도 붙들고

혼례 여행을 떠나, 당신


참치 깡통 뚜껑과 페트병 거품

향유고래 용연향까지 한껏 차린 음향으로

귀를 호강시킨다고 배부르진 않아

색다른 분위기는커녕 폐그물 사이 쭈그러든

부레나 부풀리며 마냥 식탁보나 펄럭이며

플라스틱 수프로 배 채우는 무인도의 피로연

&gt;

수백 개의 비닐봉지를 달고 폐타이어에 올라타면
섬이 낳은 환상의 커플, 청첩장엔
육지에서 내려온 쓰레기 목록보다 더 하객 이름이 길어
수평선을 당겨 만든 섬, 시시각각 목을 조여 오는 그물망에
서로를 부를 수조차 없어도 즐거워

여긴 배 속까지 파래지는 바다 예식장
어디든 놀러 가야 해 눈물로 짠 그물로는
아무것도 잡히는 게 없어, 하와이로 신혼여행 가자 해 놓고
도대체 어디로 도망간 거야

후무후무누쿠누쿠아푸아아, 축가를 불러
후무후무누쿠누쿠아푸아아 섬이 아예 없었다고?

* 후무후무누쿠누쿠아푸아아: humuhumunukunukuapuaa, 하와이에 사
는 물고기.

# 방귀를 트다

여자 방이 얼마나 큰 냉장고인 줄 아니
창문만 열면 북극이야, 몇십 년 만의 동장군이
눈 폭탄과 함께 쳐들어온 허름한 변두리 이글루 아파트

계량기가 터지고 상수도마저 터져 쏟아진 대로 얼어 버린
빙판길을 지쳐
설상가상 그린란드를 가까스로 건너올 수도 검침원에게
100호짜리 푸른 빙하수를 선물할 거야

혼자 사는 안절부절못하는 여자에게
검침원이 오기 전 101호 옆집 북극곰 남자가 어슬렁어슬
렁 다가와
바닥과 수평 되게 등과 앞이 하나 되게 큰 몸을 들이밀더니
길 앞이 천연 스키장이네요
얼음 썰매 지치러 가지 않을래요, 엉덩이로 눙친다

당장 연장을 가져와 얼어 터진 수도 계량기 눈금 속에 빠
진 곰을
심장이 마음이 아니라서 심장 속으로 뚫린 크레바스가 아
니라서

저 북쪽을 가리키는 나침반 하나로 엉덩이의 방향을 돌
려놓을 테야,
    그러다 후면으로 방귀 소리를 내며
    기밀 누설죄를 저지르고 마는 것을

    떨리는 나침반처럼 푸득거리는
    양심선언에 당황해 뒷걸음치는 여자
    콧구멍의 깊이와 너비로 그 낌새를 온전히 받아야 하는
것을

    선언하고 나니 속이 다 후련하시죠,
    방귀 소리에 쩍 갈라지는
    두꺼운 얼음벽을 트는 괄약근의 힘으로
    껄껄 오늘 하루를 견뎌야 하는 것을

    동장군이 불쑥 창문을 열더니
    둘을 서로 혼인시켜야겠습니다. 이들은 쇠파리를 낳을
겁니다*
    그러더니 방 안을 쓱 훑어보곤
    어휴, 냄새나는 북극곰 두 마리밖에 먹을 게 없네 하며

냉장고 문을 쾅 닫아 버리기 전

* 프랑수아 라블레 『가르강튀아/팡타그뤼엘』에서.

# 늙은 발레리나

개나리 버스 속 놀란 아이의 눈망울이
맞은편 내 어깨에 닿을 듯 산복도로는 만원이다
골목 벽화를 탁본하듯 굵고 가는
두 대의 버스 사이로 바퀴가 휜
할머니의 폐지 수레가 떡 버티고 있다

아우성이 된 도로 한복판
아우성의 길이 펼쳐진다, 아이들의 떠드는 소리
길 밖을 넘어올 때, 조용히 해요
소리치는 여선생이었거나 앞으로 꽈당
손을 짚고 반사적으로 몸을 일으켜 세우려는
폐지처럼 흩어지는 할머니 비명이었거나

그건, 아우성 한가운데
누가 나타나 차선을 정리해 주는 순간
아니 발레리나 할머니와 나를
꽃수레가 개나리를 피운 담벼락 위로 안아 올려
신부가 던지는 부케처럼 가볍게 받아 드는 순간

저무는 길모퉁이를 지나쳐

주저앉은 골목, 귀를 스치듯 개나리 버스
내 어깨와 팔꿈치 사이로 코너링을 하고 있다
쭉 펴진 허리에서 두둑 소리와 함께
타는 바퀴 냄새가 도로 아래로 미끄러지고 있다

나는 일부러 개구쟁이 아이처럼
할머니를 손으로 꽉 잡고 돌리는 것이 아니라
다만 내 어깨에서
긴 팔을 꺼내, 그 팔의 각도로 끌어안고
저 수레바퀴 아래 꽃의 왈츠를 추는 것이다

왁자지껄 아이들과 여선생을 하객으로
오래전 수몰된 아랫마을에서 시집온
발레리나에게 엉겁결에 손을 내민 나
개구쟁이의 손뼉이 손에 잡힐 듯
덩실덩실 혼례 춤을 추는 동작으로
발끝을 든 우리, 수레의 방향으로 턴하는 무용수의 포즈
를 취하면서

# 내 한숨 발전소

날아 흘러 곧장 삼천 척을 내려오니
저 하늘에서 떨어지는 은하수가 아닐까
(飛流直下三千尺 疑是銀河落九天)
－이백의 시

내 한숨으로
발전소를 세울 궁리를 한다면
넌 웃겠지만, 난 웃을 수 없다네
내 한숨 소리에 땅이 꺼지고 둑이 터져
눈물 댐이 넘실넘실 넘나드는 곳, 위태로이
푸른 전기가 발광하는 수력발전소를 꿈꾼다면

들입다 굽이치고 다시 들이치는 물
네 무거운 눈꺼풀을 내려
눈동자를 덮어 주기 전까지는 배를 띄우지 못한다네
그때 그 배를 밀듯 콧김을 뿜어
댐 위엔 벌렁거리는 콧구멍이 사방에 열리면서
뜨거운 증기선이 네 숨구멍을 뚫고 간다면

연습 항해도 없이 들숨
날숨 사라진, 부리만 빨간
교각 위의 새가 댐 위를 지나갈 때
질끈 묶은 뒷머리가 이쪽은 돌아보지도 않고
날개 깃털만 한, 가느다랗게 휘저어 오는

발랄라이카 조곡이 네 입술의 맘대로근이
내 입술의 제대로근에, 교각의 얼음을 스치며 다가온다면

짧은 키스 사이로
빠져나오는 입김의 영혼이
잠시 번개 치는 피뢰침 위에서처럼 마주쳐
후, 숨길이 열리는 순간
그 전심전력으로 홍조를 띤 뺨의 출렁임이
벽력 같은 전기로 우리 몸을 관통한다면

잘 빻은 뼛가루를 받아먹는
내 수염만 희끗희끗해지도록
입술 위의 새를 날리며 혼자 웃는다네
내 한숨으로 네 물병자리 별 냄새만 맡는 밤
긴 꼬리를 그리며 허연 김이 쏟아져 내리면서
일 억 와트의 전기를 내뿜다 감전사한, 내 가슴속 초고압
한숨 발전소를
우리 마지막 입맞춤 위에 높다랗게 세울 궁리를 한다네

# 실컷

늘어져 잠이나 자면 좋지
진종일 하관이다 뭐다 시달리다가도
서투른 첫날밤처럼 서둘러
내 장례식 마지막 날 수의를 갖춰 입고 꽃잠에 들면 좋지

햇발에 후드득 떨어지는
흙 이불을 덮고 비석도 없이, 햇살 묘비만 눈이 부실 뿐
무연고 묘지 빈 구렁에 내려와
그 고요 다 받쳐 들어도
천지간 코 고는 소리뿐

쿨쿨
드르렁 쿨쿨

차례로 영구차에서 내리는, 몇 안 되는
내 조객들 뒤꽁무니를 따라 어슬렁어슬렁
누군가 슬쩍 건네는 방귀 냄새나 까먹다가
해 질 녘 슬금슬금 기어들어 와서는
아무 데나 드러누우면 그뿐

>
자꾸만 바다 쪽으로 어깨가 기울어지더니
손발이 떨어져 나간 멸치 울음소리에 손가락 발가락 다
뜯어 먹힌 사람들이
죄다 버스에 오르고 나면 내 배웅하는 손이 안 보이게
실컷 하품이나 하면서 내 무덤에 누웠는데
너 누구
왜 남의 방에 들어와 자는 거야

등이 결려 참다못해 일어났는데
곯아떨어진 잠 속에서 누가
쿡쿡 반쯤 남은 내 옆구리를 찌르며
놀고 있네, 같은 혼령끼리 염치가 있어야지
여긴 백 년 전 내가 산 채로 묻힌 곳이야,
목소리의 주인공에게 몸을 돌려
가슴 숭숭 구멍 뚫린 그에게
이마를 찧으며 고두례를 하려는데

여긴 내 꿈속이야
어여 들어와 자, 눈치 보지 말고

>
그러다 눈 돌아가
그래 그만 봐, 이쪽 저쪽
양다리 걸치지 말고 목이 꺾인
흙을 끌어안고 다리에 난 수염뿌리 희어지도록
침 질질 흘리며 들어와 자기나 해
잘 펴 놓은 구렁 사이 능구렁이처럼 처박혀 실컷

# 몽돌약국


약 없어요, 이억 오천만 년보다 긴

잠의 고독에서 깨어나

바위에 새겨진 홈 속 깊은 네 발자국소리화석

드르륵 약국 문을 두드려대요


잔돌 소리 요란한 몽돌약국 앞

바람과 파도가 교대로 네 발자국을 밟고 지나가요

바위의 음각에 소리가 깊이 파일수록

오늘 밤도 잠을 설칠 거예요

소리가 0에 가까워지는 순간 주문을 걸면 바위에 박힌 너를

단번에 공중으로 들어 올릴 거예요


동굴엔 대낮에도 그림자가 보여요

어둠이 내리면 오랜 장마에

몸무게보다 더 무겁게 쌓였던 강수량, 이억 오천만 밀리

미터와

별똥별이 스쳐 간 흔적과 꿈의 마이크로파까지 합쳐

매일 저녁 네 발자국 위

밤의 혼돈 속 불꽃놀이 우주 쇼가 펼쳐질 거예요

\>

어떤 주문을 걸어야 할까요

빗방울 소리가 박힌 처방전 속

알파벳 글자들이 모래알처럼 흩어져요

명치에 돌을 얹고 바다 위를 둥둥 떠돌다

바위에 부딪히면 가장 붉은 노을을 혓바닥 위에 올려놓고

한 점 횟감인 양 보란 듯 잘근잘근 씹어 먹는 시늉을 해요

빙하기의 한파가 수백 톤 공룡의 몸집을 덮치기 전

몽돌약국 밖 초신성에 온몸이 뚫린 너

도미노 놀이하듯 몸을 누이는 저 수평선

걸음아 날 살려라 꼬리를 내빼고

새벽같이 교대하러 나온 약사도

조각난 익룡 날개 등뼈 화석을 수선하느라 분주해요

폭발이 끝나고 별빛이 밀려와도

일용직 우리에겐 위험수당 대신

자신의 별을 찾아가는 로제타 미션만 주어질 거예요

약 없어요, 홈에서 깨어난

공룡이 거대한 그림자를 밀고 와

유효기간이 몇억 년이나 지난 처방전을 건네며

불쌍한 표정으로 발을 동동 굴러도
홀로세에서 와 우뚝 파인 주름살의 깊이로 대답해요
타악기 음표 같은 돌에 스민
빗소리를 약으로 들어요

또 몇억 년의 홈을 쓸어내리며
울부짖는 샛별들의 한 뼘 가슴에서
눈부신 공룡 울음소리가 솟아오를 거예요

## 눈을 비비다

눈 비비다 발견한 네 손톱자국
바닥을 따라 가느다랗게 긁힌,
손톱 조반월만 한 방 안
나는 이 넓은 우주에 네가 남긴 마지막 문장
주저흔을 보고 있다
누런 장판에다 힘을 줘 써 내려간 한 줄의,

마음에 드는 문장 하나에 열반에 든 기분
그 기분에 무간지옥 하루를 견딘다는데
이제 간다, 글에 대한 일말의 미련도 없다
한때나마 세상을 바꿀 문장이 남아 있다는 꿈을 품었다
내 눈앞 입 다문, 증발하기 직전의
희끄무레한 한 줄의 너를 보고 있다

내 몸속 단순하고 힘 있는
글씨체가 기어 나온다 핏발 선 눈으로
우두커니 선을 긋는 네 마지막 자세를 보고 있다
창밖 개나리, 저 뭉쳐 소리치는 것
긴 밧줄이 내려와 너와 날 가른 순간, 끝까지 지켜보던 가
늘고 아슬아슬한 노란빛

&gt;
골목 끝 집, 죽어서도 사랑받기 원했던
개천을 따라 선을 긋다 간 너와 내가 한 몸
천변을 지나는 금발의 여자애와 개나리도 한 가지
넌 노란 선 앞에 선 너를 견디느라 생을 다 바쳤다
네 선 앞, 난 아무렇게나 어질러진
이미 저질러진 선언 앞에 앉아 있다

말할 수 있고 쓸 수 있는 건
유언이 아니다 막다른 골목 끝 외딴 어둔 방
눈 비비며 금을 따라 이어진
글의 행방을 쫓고 있다, 널 비끄러맨
한 줄기 선이 내 몸속 벌레처럼 꿈틀거린다
거미줄에 걸려 버둥버둥
몸통에 멈춰 있고 머리가 삭제된,

# 나를 내려다보다

주여, 모두에게 고유한 죽음을 주소서
—릴케

얼굴을 위로 반듯하게 펼치자
데스마스크, 네 눈 주위로 번지는
주름 반점과 눈썹에 가려진 멍을 위로 향하게 하고
나 혼자 의식을 치르듯
잠시 얼굴에 머문 저승꽃 위에 한 송이 장미를 놓는가

숨 멎기 전 숨 쉬던 아가미 시절
어린 魚鱗으로 돌아가 첫 목차를 열고
숨 쉴 틈 없이 네 책, 휙휙 침을 묻혀 가며 페이지를 넘기자
쉽게 읽히긴 싫어, 외치며 뻗대다
단 한 번 죽는 법을 배우지 못해
이제야 행간을 한쪽 한쪽 정독하는가

손가락에 닿는 종이 활자와
마지막까지 감각이 남은 귀,
입안으로 그 절대음감을 굴리는 동안
내 손길은 고통과 마취로 몸부림쳤을 네 팔을 부드럽게 쥐고
마사지하듯 혼이 남은 귓바퀴를 문지르는가

한 단락 몸속을 훑고 나서

또 한 단락 필멸의 문장에 몸을 맡기고
내가 나를 염하는가
뼛가루가 물에 잘 섞여 회반죽이 되고
흘러내린 진흙은 영원히 읽을 수 없는 장미의 홀로그램
으로 떠오르는가


잘 갈린 너를 한 움큼 손에 쥐고
장미의 문장이 그려진 단지를 안고
가자, 숨 멈춘 바닥에 풀썩 형용사와 부사를 쏟아 버리며
배꼽 유언만 손아귀에 거머쥔 채
문장 끝에 딱 붙은 말없음표의 자세로


불붙이기 전, 소지의
읽다 만 불꽃에 혼이 머물다 가게
웅얼웅얼 타다 남은 재를 혓바닥으로 핥아 내고
입 오므려, 오래 참느라
움푹 파인 눈에 내 함몰된 마지막 인사
후, 네 입에 숨을 불어 넣듯 장미의 호흡을 건네는가

# 먼로풍*

빌딩 옥상에서 만나요
지하 통풍구 속 쑥 튀어나온 네 검은 손을
부풀어 오른 스커트 하나로 누른 여자와
공중 부양해요, 치마폭에 싸여

춤을 춰야 해요 우리
공중을 떠다니는 간판 글자나 세면서
ㄱ과 ㄴ을 붙여 ㅁ을 꿰맞추는, 퍼즐 놀이
네가 마구 휘저어 놓은 백사장
모래 폭풍에 휘감겨 여자의 치켜 선 스커트를 붙잡고 모
래 천사들이
초고층으로 날아올라요

난 조난당한 모래 조각가
자음으로만 말한다고 비명이 되지 않아요
모래 알갱이마다 고유한 감정이 있고
바람 머리에도 유행이 있어요, 태풍의 이름으로 찾아온
남국의 멋진 여자와 공중에서 눈이 맞으면
빌딩의 옆구리를 휘저으며 스카이다이빙 하는 여자의 치
마에 코를 처박고

내 어긋난 팔다리가 내게서 멀어져 가요

여자와 내가 부둥켜안은 채 파고들어 간
모래 무덤 속, 조각들이 꿈틀꿈틀 기어올라 와요
눈알이 튀어나올 듯 모래 사자와
야생 모래 보호 구역에 틀어박힌 반려인간과
깨어나자마자 자기 손에 반쯤 눌린 얼굴과
후 불면 날아갈 회오리바람 머리 여자가
막 모래 샤워를 마치고 나온 듯해요

오늘이 그날이라면, 치마를 풀어헤친 여자와
해변을 걸을 거예요, 살짝 수평선만 들어 올려도
쓸려 갈 모래에게 미래의 꿈을 팔아먹을래요
등이 파인 모래 여자에게 몸이 달아
네 스커트 속 어디선가 풍겨 오는 모래 냄새
이 끝에서 저 끝으로 천사의 춤을 출 거예요

춤추다 멈추면 떨어져요
공중에서 길을 잃으면 옥상의 무용수에게
ㅁ까지 가슴이 뚫려요, ㅁ은 ㄱ과 ㄴ으로 쪼개지고 갈라져

네 불길이 내 심장에 옮겨붙기 전
ㄱ과 ㄴ 사이로 빠져나와 얼른 빌딩 속에 몸을 숨겨야 해요

부푼 스커트가 이미 나를 삼키고 있어요
먼로보다 먼 바람, 네게 닿기도 전에

* 먼로풍: 도심의 고층 빌딩 사이에서 갑작스럽게 발생하는 돌풍.

# 래퍼 구름고래

네 혹을 크레인에 걸어 올렸을 뿐
구름고래를 모는 기관사,
끄응 힘을 줘 당기는 줄도 모르고
쏠리는 피의 유속보다 빠르게 네 신음 소리 공중에 울
려 퍼진다

구름 위 무슨 일이 벌어졌는지 알 수 없다
내 눈과 코를 틀어막아도
네 역한 똥오줌 냄새가 허공에 흩날린다
누가 장난처럼 쳐 놓은 그물에 발목이 걸려
네 꼬리에서 등지느러미를 타고 흘러내린 피,
내 발밑을 적시도록 난 널 가둔 그물을 흔들며 장난치
고 놀았다

구름고래 기관차가 내 몸안에 꽉 찬다
열차에 머리를 박다 불쑥 튀어나온 랩,
고통에 겨워 네가 나를 부르는 울음소리란 걸 알았다
난 태연히 네 옆구리의 비명이나 쓰다듬다
갑자기 몰려온 먹구름 속, 눈과 귀를 닫고
내 친구 뭉게구름 기관사와 랩송을 주고받았다

둔중한 비트만 내려앉던 우리 구름열차 위 울음의 방에서

물방울에 칼집을 내자 쏴아아
소낙비 소리로 랩의 피가 흘러내려 온다
네 랩이 기우뚱 내 배 속에 다가와
으르렁 번개에 한 번, 드르렁 천둥에 두 번
힘찬 열차 소리에 맞춰 돌고래 힙합 친구들과
4비트로 창자를 요동치던 고래 기름에 몸을 담근 우리
신나는 공중 바람에 올라타 내장지방이나 태워 보자고
구름의 트램펄린 위에서 장대비를 흔들어댄다

네 배를 좍 갈라 보아도
부두에 빙 둘러선 사람들에게 오호츠크와
북태평양에서 밀려오는 장마전선과 짙은 태풍의 눈썹을
그릴 순 없다
획 한 바퀴 브레이크 댄스를 춰 봤자
대낮 비보이 공연도 아닌 고래 누드의 춤,
씰룩대는 엉덩이의 몽고반점만큼 붉으락푸르락 우리 꺾
기 춤은 서투르고
회전하는 꼬리에 다칠까 봐 다들 피해 있으라고

쉬어 빠진 성대와 밤하늘을 흔들어대던 터질 듯한 오줌보마저

함부로 밟히고 접힌 광장 위를 럭비공처럼 구르고

입과 혀에 페달을 단 듯

장단에 맞춰 침을 튀기며 비트 박스를 쏟아 내자

우리를 빙 둘러선 사람들에게서 쏟아지는 탄성,

래퍼 고래인간이 돌아왔다!

부두 바닥에 흥건히 고이는 구경꾼의 눈빛마다

갑자기 들이치는 빗줄기에 한순간 돌아서더니

어디론가 16비트로 도망치기 바쁘다

드르륵 열린 꽁무니를 내빼도, 번쩍 치고 가는 방귀의 폭죽을 울려대도

우린 공중의 롤러코스터가 더 신났다

견딜 수 없는 고통 속

단말마가 허공을 치받아 싸우는 동안

피에 굶주린 사람들이 밤이슬을 차고 나와 투우장만 한 공동어시장 빈 좌판마다 목청껏 선지피보다 진하고 뜨거운 라 마르세예즈를 합창할 때

고래대혁명의 날, 천지사방 울부짖는 천둥 사이로 황소를 몰다
뿔난 랩에 찔려 바닥에 나동그라진
공중을 껴안고 흐느끼는 구름고래를 보았다

지나가는 구름에 매달렸을 뿐인데
바람의 피를 뛰게 했다는 죄목으로
기차 연기를 뿜던 내 방이 크레인에 끌어올려질 때
난 네 꼬리를 붙든 채 물구나무선다, 활처럼 휘어지며
부풀어 오른 혹등을 까마득히 성층권으로 굽이치게 하면서
우리 짓밟힌 적란운 감옥,
끙끙 거꾸로 공중에 드높이 내걸어도 좋아
잘 가, 갈가리 찢긴 수염, 다 해진 지느러미와 깊은 주름, 떨리는 빗방울과 핏방울 드럼을 치며 현란한 심장 박자를 쪼개며
댕강 목을 떨어뜨려도 좋아

한 손엔 쏟아 버리고 남은 땀방울과 다른 손엔 단두대를 끌고
입으론 연신 비트 박스를 연주하며
날마다 피를 받아먹는 광장의 제단 위
내일이면 또 누구를 끌어올릴래?

피는 고귀하며 구름 교향곡은 영원한가
한 물음 한 물결을 완성하러 진력하는 래퍼
안녕, 내 사랑 구름고래야

## 하품의 노래

야간 근무자 넌, 하품의 고수
고수들은 하품을 하기보다 슬쩍 숨기지
하품의 비기를 숨기기엔 순간이 아주 짧아
하품의 현재와 미래를 바꿔치기하지
네 밤과 교대하러 나온 내 아침이 눈물을 흘린 건
하품을 멈추게 하려고 시간을 당겨쓴 까닭

하품하다 생겨난 곳, 카오스*
과거의 암흑과 밤의 복도로 미끄러지는 병동
소독약 냄새가 코를 찌르는 시체 보관소를 지나다
텅 빈 갱도 같은 병실에도 구개음화가 생겨나지
이제 숨 쉴 것 같아, 야간 근무에 지친 네 헤벌어진 동
굴 속
경구개에 혓바닥을 대지 않아도 낱낱이 구내를 울리는
소리와
목젖에 가시가 박혀도 피 묻은 음을 문 혀끝, 달라붙는
비명들

우리 입속의 시간은 거꾸로 가지**
어젯밤 실려 온 두 구의 시체를 인계하다

128

살아 뛰듯 입술과 윗잇몸 위로 바짝 달아오른 공기가
무단 횡단하다 접촉사한 센입천장과 여린입천장 사이
동시에 터져 나온 서로의 하품을 보지
쿵 보관함을 열고 굳은 얼굴로 시신 인수증을 확인한 다음
굿바이, 새벽으로 가는 네 지친 발자국을 밀대로 닦아 내지

그때, 고독사 1이 무연고 2에게 다가가
있는 대로 벌린 서로의 목젖을 들여다보며
담배를 나눠 피듯 하품을 베어 물지
우린 태어날 때나 죽기 전이나 누구나 다 하품을 해,
병동에 셋이 곱다시 붙어 누워
1이 2의 눈을, 2가 3을 감겨 주며 주문을 외우고
굿 모닝, 인큐베이터 친구들처럼 돌아가며 눈인사를 하지

_1 하품을 당신이라 하자
아무렇지도 않게 쌩 내빼는 당신을 뒤따라가도
소독된 병실만 보여 줄 뿐 끝내 비상구를 열어 주진 않아
입 냄새로 사라지는 당신,
시체 안치실 서랍 속에 꽉 차게 밀어 넣은
당신의 입 한가운데 들어와 있는 느낌,

연쇄 살인마든 그 누구든 포근히 안아 줄 것 같은
밝게 피어나 맑게 사라지는 세상을 보아

입 벌리면 당신이 올 것 같아
아침 교대식마다 우린 손금과 입김을 교환하지
혼자가 아닌 둘이 따라 하는
당신의 생은 너무 짧아, 공기를 굴리는
노래를 부르며 내 성대의 안쪽이 찢어지면
숨 속에 숨은 숨소리들,
허공과 키스할 때마다 방금 태어난 아기처럼
내 노래와 입술 사이 당신이 당신의 입을 뚫고 터져 나왔다

* 카오스: 헤시오도스에 따르면, 카오스는 그리스 신화에서 최초로 생긴
  '텅 빈 공간' 혹은 '입을 벌리다(chainein)'라는 뜻.
** 데이빗 핀처 감독의 영화 〈벤자민 버튼의 시간은 거꾸로 간다〉와 그 영
   화에 나오는 대사를 변형해 인용.

## 보이스 피싱


너는 나를 속속들이 꿰고 있다
덫에 걸리기까지 네 목소리, 날 끌고 간다


너는 나를 낚으러 오는 보이스,
지난여름 내가 한 일을 슬쩍 넘겨짚으며
네 세 치 혀 위에서 주워섬겨지는 오랜 내 죄목들,
빙글빙글 옥죄어 오는 내 귓바퀴 안
소리 소리 귀를 틀어막을 때까지
쏘리 쏘리 칼로 유리를 긁어대는 보이스


유리의 카리스마, 기세에 짓눌린
내 바닥을 훑어 내는 저인망식 투망
걸려드는 족족, 줄줄 흘리는 개인정보와 더욱 개인적인
실수나 불찰보다 깊은 죄의식
물에 잠긴, 음은 없고
저수지의 개들과 무의식의 악다구니
그 목소리를 끌어올리기 위해
24시간 허공에다 뿌려지는 물거품 같은 보이스


낚싯줄을 타고 올라오는 것마다

폐그물과 페트병과 또 다른

폐로 시작되는 것들, 차마 말하지 못하고

듣고 싶지 않은 것들, 네 혓바닥에 놀아나

미끼만 물고 달아나는 것들, 폐타이어에 걸린

검은 진흙에서 떠올라 물고기 비늘처럼 부유하는 보이스들


네가 노리는 건 손을 뻗듯

정확히 밑장 빼기 기술로 꽂히는 내 통장 잔고 속 00 숫자

전화 속 타짜들의 낮은 목소리,

누구는 그 소리 때문에 하루가 즐겁다지만

연극이야 연극, 더 이상 속지 않아

나는 그 소리를 흘려보내고 이쪽에서

저쪽 귓등으로 밝힐 수 없는 피의자로 넘겨지고


그러다 끝내 어이없게도

내가 쓰러졌다는 소식,

어차피 이 묻지 마 사기극을 끝내려면

누구라도 일부로 저수지에 발을 헛디뎌

목소리의 늪으로 들어가야 한다

그 뻘물에 빨려 드는 너도 나도

그 누구의 것도 아닌 미치도록 아름다운 00의 부력 속

한 마디씩 내가 지워지면서도 치명적인
네 목소리를 기다린다, 갈수록 죄목의 수위가 높아져
저수지의 배가 불어 터지도록
이제 연극은 없어, 서툰 연기도 필요 없어
사이렌의 품에 안겨 저수지에 내던져진
몸은 없고 목소리만 내놓은, 연기가 연기처럼 빠져나오
는 자루 속
24시간 떠오르고 있는 내 익사체의 보이스

# 물구나무

숨통을 내리누르는
몸통의 무게를 버티느라 팔이 휘어진 채
땀범벅이 된 어린 동자승, 뚝뚝 흘러내린 땀방울
소태처럼 입가에 맺혀, 힘에 겨워
쓰러질 듯 서슬 퍼런 눈만 치켜뜬, 어린 나무 둥치
비탈이든 어디든 번쩍 세워 놓으면 놓는 대로

법당 위를 뛰다
매 맞는 대신 나는 네게
거꾸로 선 나무 한 그루를 펼쳐 보이고는
일제히 정렬한 절 뒤 산 연봉으로
멀어져 가는 네 발소리보다 급히
주머니에서 목탁이 떨어지고, 소리보다 빠르게
거꾸로 써 내려간 반성문,
내 유언과 유품 목록까지 다 꺼내 보여 줄 테야

네 앞에선 비뚤어지지 않고는
배길 수 없는, 멋모르는 나이
옆길로 새지 않으면 아래위를
바꾸어야 했다 내 키도 울음도 주저앉히고

네 눈에 내 발끝을 맞추어야

나무 한 그루가 완성되지, 몰래 가지를 던져 절 밖 학교
담을 타 넘다

토악질도 했지만 이 자세로 오래 있다간 죽을 것 같아

비탈 아래로 뛰어내리고 싶어


흔들흔들 네 앞발만 보이고

몰려 있는 두 눈까지 뜨거워지면

귀신이 보이지 이만큼 피가 몰리는

신위神位도 없어 종묘의 박석 위에서나

귀신이 들끓는 물구 마을에서 온 나무

현고학생부군신위顯考學生府君神位

망실유인물구목씨亡室孺人물구木氏


나무야 곧장 아래로 뻗어 나간 나무야

힘이 풀리면서 피가 다 빠져나간 채

뒤틀린 몸속 솔솔바람, 소나무 귀신으로

매달려 볼까 칼로 베어 피나무

죽어도 살구나무 노스님 무릎뼈 다 닳은 법당 위

사시나무 떨듯 내 검은 머리카락을 흔들어 줄까

>
평생 벌서는 아이처럼 나는
네게서 빠져나오지 못했다 땀방울이 맺히도록
대체 무슨 잘못을 저지른 걸까
씩씩거리는 내 숨소리 앞
거적때기를 덮어쓴, 시끄러운
물구나무 나뭇잎들, 지워진 지방紙榜 글씨들

출렁, 발목을 내리고
눈과 코를 다 쏟아 낼지언정 나는 네게
손 내밀지 않을 거야, 무릎 꿇지 않을 테야
등짝으로 하늘을 밀며 절 뒤 숲속 울울한 나무를 넘어뜨리는
거센 바람결 매 맞는 나무둥치 안쪽은 고요
숨넘어가면서도 저요 저요, 손 드는 가지처럼
눈물 닦고 나온 나무가 있다

**제4부**  파도를 잠재워 다오 부루스 연주자여

# 코로나 부루스

노래가 둥둥 떠다니고 있었는데
고개 쳐든 검은 모자를 쓴 가수가
고개 넘어 물굽이 위로 서핑을 하듯
어지러운 허밍을 하고 있었는데
꿈속인 듯 사방의 바다가 노랫소리를 친친 감고 있었는데

파도를 잠재워 다오
부루스 연주자여

태풍의 눈에 빠져
나는 벼락같이 해변에 숨어들어 가
격리 병동 같은 모래 구멍에 틀어박혀 있었는데
흰 파도를 몰고 온 음치 가수가 구멍 앞에서
번쩍 번개 치는 목소리로

흐느끼는 색소폰 소리
아, 나를 울리네*

나는 모래 거품을 입에 물고
나도 모르게 부석거리는 기침을 쏟아 내고 있었는데

검은 상복의 가수가 바다에서 가져온
흰 물결 검은 물결
알록달록 내 입안에 쓸어 넣고 있었는데

죽음에 잘 섞어 버무려 다오
일급 요리사 부루스 가수여

죽은 물고기처럼 모래에 엎드린 채
나도 조그맣게 허밍소리를 내 보았는데
입속말일 뿐인데 역병처럼 뻐끔뻐끔 노래가 내 입에서
허스키 목소리로 쏟아진
검은 파도의 코로나 부루스로 춤출 뿐인데

나를 데리고 떠난 바다
그 연주를 멈추지 말아요

원래 음치였던 내가 네 음보에 맞춰
한 박자 빠르게 한 박자 느리게
들릴 듯 말 듯 능란한 솜씨로
부드러운 귓속말로 내 목을 조르고 있었는데

터질 듯 내 얼굴에서, 검은 두 눈알이 흘러나오고 있었는데

* 주현미의 노래 〈눈물의 부루스〉의 내용과 가사를 바꿔 인용.

# 뭉크의 아파트

머리 위 누수처럼 새는
빙하수가 쏟아져 아래 사람이 미쳐 가기 시작했어
화폭에 매달려 죽음과 싸우는 화가
가짜인 줄 알면서 도수 50이 훌쩍 넘는
보드카를 불며 잡념으로 흐느적거리는 머릿속
백야의 오로라가 거꾸로 솟구쳤어

소리를 절규로 위조해
뭉크가 뭉크를 찍어 내기 시작했어
쿵쾅거리는 북극곰 발소리, 얼음장 깨지는 소리
빙하 아래 피 냄새에 취한 물개들이 뛰어오르고
어디선가 북극 개가 따라오고 그 뒤를 이어 사냥꾼의 발소리

소리에 미쳐 날뛰는 북극의 개 썰매들은
발을 절며 얼어붙은 설원을 피로 물들이고
그 속도로 가면 발이 안 보이는 설인이 될 거야
오늘 밤 북극점에 올라 울부짖으며
평생 그려 모았던 그림을 쌓아 산 채로
불을 지를 거야 꿈속까지 이글이글 네 내장이 익어갈 거야

\>

절규하는, 네 입을 찢어

극지의 심판대 앞에 세울 거야 함부로 살고 방탕에 이끌리던

마지막 날의 축제, 총을 겨눈 자들이 지나가고

그날 광인을 만나 푸른 눈의

빙하호에 놀라 돌아선, 네 눈에서 몇백 광년의 죄가 튀어

올랐어

그건 한 번도 본 적이 없는 모조한 그림 속 네 얼굴이었어


어머니와 누나와 화폭 가득

고드름처럼 주검이 달라붙은 지구 아파트

한 음 한 말도 섞지 않을 거야, 층간소음의

알리바이에 매달려 굳게 닫힌

유령 변주곡을 노크, 굉음을 내며 무너진 빙하 아래

F단조를 절규로 환전해 주는

뭉크가 뭉크를 뭉클뭉클 게워 내기 시작했어

## 도굴범


오, 난 방금 태어났어
태아처럼 몸을 웅크린 흙을 파
토굴 속 말라붙은 내 화석에서
풍화된 내 뼈와 살을 발라내 준 당신에게서

몸을 뒤집어도 몸
손조차 뻗을 수 없는 반 평 쪽방
막힌 개수대 밑으로 늘어뜨린 내 손과
내 팔을 꺼내 줘, 환청처럼 다가오는 굴욕과 모멸감과
똑똑 유서처럼 써 본 단수된 물소리와
말꼬리 말아 넣은 피 맺힌
아귀가 딱 들어맞은 당신의 손아귀에게서

어디로든 날 내보내 줘
콧수염처럼 납작 얼어붙은 입김과
술과 게으름과 감당 못 할 집세와
오도 가도 못 해 옆집 따뜻한 세입자 방으로 이사 가는
그 밤의 바퀴벌레들을 따라
부글부글 끓는 가래에 막힌 하수구와
불 꺼진 전기장판을 둘둘 말아 올린 머리끝까지

\>

납작해진 몸 더 납작해진 손

슬며시 이불 밖으로 밀어 놓은 유고 시 '폐어'를

얼른 읽어 봐, 동사무소 직원이 주고 간 불어 터진 라면과

동이 난 온수와 빠져나갈 구멍도 없이

뚝 그친 오후의 밭은기침과 밀린 세와

몇 겹씩 옷을 껴입고도 차가운 배를 감싸 쥔 내 손바닥 위
에서


이젠 놓아 줘, 형해가 다된

옆집 병마용 1호 갱과 함께

쭈그러진 주름이 말라붙은 자리, 볼썽사납게 자라난 검버
섯일랑

포샵으로 처리하고 당신이 박아 준 영정이 뽀송뽀송 살아
나오도록

피를 팔아 자비 출판한 시집 표지 사진일랑

지하 무덤 같은 야전침대 밑에 처박아 두고 영영 빠이빠이


2호 3호 갱 나란히

아방궁에 파묻힌 내 사랑과 영혼을

복원해 줘, 남은 세간의 곰팡내를 부장품 삼아

머리에 다닥다닥 관이 되기 맞춤한
폭 감싸 주는, 표절한 눈물 한 방울
내 제단에 뿌려 주고 가

오, 난 다시 태어났어
숨도 못 쉬게 발꼬랑내가 진동하도록
짓뭉개진 방을 자궁처럼 끌어안고
입에서 흘러나온 가짜 금이빨을 닦아 내고
반들반들 발라 놓은 내 발목뼈와 함께
싱싱한 내 태동 소리로 발굴해 준, 고마운 당신에게서

# 부산어보釜山魚譜
—귀신고래


해안으로 노래가 쳐들어왔다

끌려 들어가지 않으려고 버둥대다

몸이 퉁퉁 불은 사람들이 부표처럼 떠다녔다

발끝, 힘을 풀자 겨우 물 밖

부력에 밀려 올라온 사람들, 두 발로 일어서다

다시 꼬꾸라지며 나도 시체 썩는 냄새를 맡고 까무러쳤다


맑은 날 물너울에 몸을 싣고 영도 앞바다까지

흘러갔다 사망 신고도 없이 수십 년이 너울너울 흘러가고

악몽이 범람하는 21세기 말 어느 날

북극해 얼음덩이가 부산 앞바다까지 밀려오고

난파선에서 쥐들이 뛰어내리고

네가 사라졌다, 폼페이 최후의 날 벗어 놓은

온갖 빨랫감이 매달리듯 태종대 절벽

내 코앞, 바짝 마중 나와 있다


깜빡 날치 잠에서 깨어나면

귀신고래들이 솟구쳐 올라 내뱉는 흰 공이

휘두른 배트에 사직야구장 위로 날아오르고

난 쪼개진 갑판의 꼬리 쪽

주저앉은 녹색 필드 아래 앉아 있다
너와 내가 내지른 갈매기 울음소리로 가득 찬 야구장
이건 꿈이야, 하면서도 내 눈은
홈런의 궤적을 좇아간다

공 굴리듯 가슴을 스치면서 뛰노는
신혼여행 중인 고래들을 따라 나도 거친 숨 내뿜으며
동백섬까지 흘러갔다 돌고래 신랑의 발바닥을
금정산 기슭에 대고 범어사 일주문 港
막 금샘을 치려는 홈런 타자의 손에서
어보魚譜를 빼앗는다, 금일 죽은 초대 손님의
곡목이 빼곡하다

2100년산 가오리 신부와 돔 신랑
가운데 다리만 봉긋 물 위로 솟은 광안대교 위
매년 쏘아 올리는 불꽃놀이에 취해 스크럼을 짜고
꼬르륵 물에 삼켜진 사람들
불꽃을 삼킬 듯 서로를 탐하는 귀신의
피 냄새에 끌려 몰려드는
고래 배 속밖에 숨을 데가 없다

&gt;

귀신도 모르게 팔 한 짝이 사라진

2021년산 노래에 업혀,

부산 갈매기를 죽은 사랑의 혁명가처럼 불러야 했다

# 갓난어른*

일인용 스테인리스 밥상 앞
늙은 갓난아이가 앉아 있다 목을 펴 주자
구강이 열린다, 가랑이 사이 수저 떨어지는 소리
상다리 접듯 여자가 두 다리 안으로 들어가
기저귀를 벗기고 앙상한 다리 사이
지린 오줌 자국을 닦는다

사타구니를 부르르 떨며
물수건으로 그 주위를 씻을 때 무슨 소리가 들렸다
요관으로 오줌을 빼낼 때처럼 고개를 주억거리며
병실에 떠도는 건 흘러내리다 굳은 밥알과
우물우물 소리를 넘기는 소리뿐

먹음직한 아침 햇빛
오늘도 황금빛 똥을 만들기 좋은 날
고개 돌리기를 반복하며 배 속 변기를 타고 앉아
방금 삼킨 밥과 약이 일정하게 피돌기를 하도록
몸속 마라톤, 시작을 알리는 총소리
탕 하고 머리 뒤를 때린다

>

한숨 쉬고 꾸벅 고개 떨구자

숨길수록 코끝을 맴도는 냄새

방 안 가득 은은히 차오른, 소화액이

앞섶에 숨긴 장루 주머니 속 부글부글 앓는 소리

두 다리밖엔 아무것도 남지 않은

배부른 저녁의 공복이 온다


지구의 정강이를 살짝 들어 올려 줘


골인 지점 앞, 배를 감싼 투명한 막을 풀어

빼곡히 쌓아 올린 숨찬 하루를 덜어 내려고

변기 앞 헐떡이며 고개 숙인 여자

벌겋게 물컹해진 얼굴이 쏠려

수저 떨어진 곳, 구球 건너편

길게 늘어뜨린 바지의 행간을 멀거니 읽어 내려간다


밤의 꼬리에서 태어난 갓난아기 울음소리가

꼬물꼬물 여자의 다리 사이에서 기어 나온다


* 갓난어른: 조어造語.

이장移葬

보고 싶지 않아
듣고 싶지도, 염장 지르는 말
듣도 보도 못 하게 눈 코 귀를 흙으로 틀어막고

아무것도 쥘 수 없어
주먹도 풀고, 한결 가벼워진 다리로

공들여 절여진 얼굴
네가 좋아하는 연시빛을 볼에서 지우고
곱고 순한 황토 립스틱을 푸른 입술에 칠해도 보고

할 수만 있다면
깊고 뜨거운 입맞춤까지!

이제는 눈이 없어 더 밝은 곳으로
표정도 풀고 자세도 반듯하게
귀가 없어 조용한 곳으로

몸도 닦고 정성스레 먼지로 감싼 옷도 입히고
첫 소풍 가는 아이

흰 배춧속처럼 피어난 얼굴로

미간도 넓어지고
인중도 늘어나고 넉넉하게 내려다보는
얼굴과 얼굴 사이가 차츰 멀어지는 세계로

잘 익은 고요가 되고 싶어
초록을 벗고 산 채 끌려 올라온 너
두 손 가지런히 네 뼈에 내 뼈를 포개는 느낌으로

# 이브의 탄생

항문 가득 검은 소리 쏟아 내며
뒤집히는 강, 거대한 변기를 닮은
하수종말처리장 앞 컹컹 나를 향해 짖는
개를 보았다

머리가 허옇게 갈라진
술 취한 남자를 따라 강으로 들어가다
그 손 뿌리치고 휘적휘적 헤엄쳐 나오는 개
뒤이어 들리는, 이브
딱딱하게 굳은 개의 목에
오래 남아 있는 유언을 보았다

이브는 늙은 아담을 따라 들어가고 싶은데
아담에겐 몸이 없다 소리뿐이다
그 소리를 꺼내 줄 밧줄은커녕 발톱만 긴
포플러 아래 발만 동동 굴리고 서 있다
윗물을 펌프질하는 소리와
고무 타는 냄새와 역한 아랫물에 막힌
완강한 수변 공원 트랙 앞

낮 꿈에서 깨어난 사람들이
저물녘에야 그물을 끌고 온 배
강의 양 끝을 잡고 강물을 오니처럼 퍼 올리자
물의 막장에 태아처럼 웅크린 남자, 물세례에 깨끗해진
첫 물고기이자 인류 최초의 아담,
호주머니와 표정을 버리고
편안히 허리를 풀어 놓고 이물에 누워 있다

강바닥 속 엔진에 불이 들어오고
반기듯 그르렁거리며 막 켜지는 빛
대지의 보일러가 죄 없는 뭉클한 불을 끌어올리는 동안
내 귀엔 알아듣기 힘든 개의 방언 그치지 않고
앞발을 득득 긁으며
퇴적물처럼 혼자 남은 이브와 나

가지 마, 너무 멀어 거긴
종일 굶은, 그물코에 찢겨 버린
쭈글쭈글해진 이브의 울부짖음이 고물 위를 걸어 내려간다

# 풍경의 방식

문을 열자마자
확 뺨을 때리는 본드 냄새,
막다른 골목 안 본드로 고무를 붙이는
한 줄에 삼십 원 하는 일이 나를 맞는 방식

그 방식대로, 조금 더 들어가면
제수씨가 음악을 틀어 놓고 고무를 묶고 있고
왔어요, 눈짓으로 인사하는
동생의 희멀건 얼굴이 반겨 준다, 위험한 얼굴 더 위험
한 풍경
갱 속 같은 폐가를 빌어 버팅기고
밥을 벌며 사는 방식

전에 하던 일을 작파하고
자다가 고함치는 동생을 제수씨가 목을 끌어안고 울 때
할 수 없이 풍경이 풍경을 배반해야 했다
한겨울에도 문을 열고 고무 타는 냄새를 내보내느라
한데서 뺨을 비비고 발을 동동 굴러도
냉기 가득한 가내공장

&gt;

날카로운 톱니가 빠져나간 손가락을
퉁퉁 붕대로 감은 채 배웅하는 고무 냄새에게
가자, 손짓으로 따라오라고 골목을 빠져나오면
너무 좁아 이어 붙이지 못한 접착제로
전지된 나무가 막아선, 끝을 잘라 낸 골목
꾸민 듯 꾸미지 않는 정물의 어깨와
정직한 비명처럼 터져 나온 문짝의 근육을
나도 모르게 쾅 닫아야 했다

본드처럼 잘 아문 어둠이
밀어 버릴 것 같은 안 보이는 끝,
한번 들어서는 순간 중고가 되고 마는
안창마을 골목3길, 범퍼에 긁힌 어떤 백미러의 풍경도
내 명치끝을 치는 게 아니라
밥 먹으러 손 비비며, 블랙박스도 없이
엉금엉금 백하고 기어 나오는 것이다

# 브라보 마이 라이프*

프랑켄슈타인, 넌 내 사랑
언 발을 때리는 북극 파도가
밤이면 검푸른 피멍이 되어 깨어지는 곳
시를 쓴답시고 하릴없이 터덜터덜 지나다니던
공동어시장 앞, 맵찬 바람이 몰아치면
한밤중 북극고래의 하역 작업을 마친
너를 좇아 가장자리부터 얼어붙는 바다 앞에 서 있다

북극에서 내려온 외국인 노동자이자 불법 체류자
네 정체를 좇아 턱밑까지
따라잡았다, 식지 않은 눈 위의 발자국
껑껑 얼음 꺼지는 소리 내며 북에서 남으로 곧장 뚫린 제
트기류를 따라
지구 꼭대기에서 초속 백 킬로로 내려온
너를 좇아 어시장이라도 뒤져 봐야겠다
출입국 단속반을 피하려는 듯
바람 소리를 동장군 맞이 축제 음악인 양 틀어 놓고
브라보 마이 라이프, 내 고막을 찢는
추위 속 부르르, 네 커다란 발자국에다 내 두 발 가지런
히 모아 본다

&gt;

눈보라 속에서 흐려지는

어시장의 불빛, 나는 자꾸만 뒷걸음치는

도둑 갈매기를 쫓고 쫓을 수 없는 너의 행방과

쫓아내려 해도 한사코 밀려나지 않으려는

네 몸값을 후려쳐 당일이면 어물전 값으로 팔려 나가는

한때 북극으로 사라진, 네 푸른

눈빛이 신비한 오로라로 숨어드는

북극고래 밀매 현장으로, 브라보 내 인생이 간다


아주 멀리서 눈 폭풍이

해독할 수 없는 경매사의 손짓 발짓을

쉴 새 없이 따라 부르고, 난 한 박자 느린 노래 가사처럼

어시장 한쪽 썩어 가는 잡어 내장이나 뒤지는 괭이갈매

기 신세,

날개를 접고 네 뒤를 쫓다 걸음 멈추자

엉덩이를 눈밭에 댄 채 어시장 앞

바다를 마주한 네 처연한 뒷모습,

바다 전체와 다도해가 몽땅 공짜인

펄펄 뛰는 활어 횟집 수족관이나 흘깃거리고 있다

&gt;
바다의 말이자 발인
파도가 공중에서 얼어붙자
흔적도 없이 스러질 그 파도 소리를 한 손에 거머쥔 채
내가 간다, 세찬 눈보라 속
시장 좌판 한켠, 죽은 물고기의 등뼈나 발로 차지 말고
시집 표지처럼 딱딱한 동태 가죽이나 물어뜯지 말고
네 울부짖음으로 대기를 찢어발기는
불타는 굉음을 토해 놓아라

너와 함께 나도 서서히 미쳐 가겠다
빙하의 대기 속 머리를 쥐어뜯으며 달려가다
북극곰의 눈처럼 우뚝 선 너와 나
걸음 멈춘 채 서로를 보고 있다
괴물과 광인, 코를 움켜쥐고 선 우리
남도로 귀화하려다 입맛만 귀환한
밀항자인가 북극으로 사라진 혁명가인가

내 사랑, 멸종된 괴물
북극고래를 닮은 눈, 비죽 튀어나온 광대뼈 밑 벌건 코끝
을 입김으로 녹이며

극의 바람에 곡조와 톤을 입힌

내 노래가 간다, 이명만 지지직거리는

고장 난 북극 통신원의 이어폰 줄에 매달린 채

* 브라보 마이 라이프: 가수 '봄여름가을겨울'이 부른 노래.

# 곰아 곰아


저 들판을 가로질러 가요
연인과 손잡고 곰 발바닥 내 발바닥
지천에 깔린 쑥 밟기를 해요, 펑퍼짐한 둔덕과
쑥밭이 된 고리 1호기 발전소*를 지나
풀풀 먼지 나는 발전소 구석, 해쑥 묵은 쑥 물고 뒹굴다
몸에 밴 방사선 냄새나 맡아요


해안 방벽에 종일 갇혀
테트라포드 그늘에서 잠깐 졸아요
연어를 포획하던 손길로 다투듯 달려들어
연어 뱃살만 뜯어 먹고 나머지는 바다에 던져 주는 내 꿈
속에도
아기 상어가 나타나겠죠, 곰 이빨이 박힌
뚜 루루 뚜루** 쌩하니 도망가는


지느러미를 세운 상어를 쫓다
덮쳐 오는 쓰나미에도 우리
도망가지 않기로 해요, 여긴 그저 제 죽음을 연기하는
폭주족 아이들인지 몰라요 곰은
피폭된 털이 뭉텅 뜯겨 나가도 다시 쑥쑥 자라는

막 사람 형상이 비치기 시작하는 쑥색 고리 곰

당신이 아니라도 좋아요
여기 내 유년의 사랑을 봉인하듯
손바닥만 한 편지들을 태울 거예요, 불은
1호기에 남은 햇살로 들의 등판에 쑥뜸을 놓는
뜨거운 저 연인들이면 족해요
다 타고 남은 재를 건너
들을 떼 지어 오는 매캐한 쑥 냄새처럼

젊은 부부가 발전소 아저씨들에게 팔던
따끈한 공깃밥이며 고등어구이도
문 닫고 놀러 갈 거예요, 이젠
도다리쑥국도 얼른 곰 혓바닥으로 받아먹고
파랗게 발전기 돌아가는 소리에 잠들던 아저씨들도
수평선을 용접하고 남은 저 햇덩이로
천지사방 다 태우고 나면 언제 황혼 이혼당할지 몰라요

쑥만 먹고 나온 커다란 곰이
텅 빈 굴속 같은 발전소 돔 지붕 위

내 멱살을 움켜쥐고 들판을 들어 올릴 때

몸에서 빠져나온 쓸개를 씹으며 깔깔 웃을 거예요

다시 사람으로 태어나긴 싫어요,

털털거리는 발전소 자궁을 걷어차고 나온 씩씩한 아기

상어가 될 거예요

* 고리 1호기 발전소: 2017년 가동을 멈춘 국내 첫 원자력발전소.
** 뚜 루루 뚜루: 〈아기 상어〉 노래 가사 인용.

# 부산어보釜山魚譜
## —낙동강 도미


신발 외짝 비늘, 워크맨 눈, 계란판 아가미, 약탕기 뼈,
비닐 부레
　지난여름 폭우 때 강에서 떠내려온 플라스틱 쓰레기로 만
든 고기


한 마리 낙동강 도미[*]
올해의 당선작, 관람객이 다가오자
워크맨을 켜고 쭈뼛쭈뼛 마주 보며 몸을 흔드는 시늉
움찔 뒷걸음치는 관람객에게
외짝 비늘을 뽐내며 천장을 찌르는 디스코 춤 흉내를 낸다
눈알을 굴리며 등지느러미를 흔들어대며


작품에 가까이 오거나 만지지 마시오
몰래 다가온 꼬마가 도미의 지느러미를 잡고
약탕기 솥을 열었다 닫자
철사 뼈대에 감긴 네 등뼈 속
김빠진 파도를 옆구리에 이어 붙인
외계인 도미가 일어나, 구멍에서 쉭쉭 입김을 뿌려댄다

낡은 LP 소리판, 버려진 신발이 떠내려와

비늘에 박히는 파도 소리, 맑은 디젤유 듣는 소리

변신 로봇 같은 도미의 배 속

비닐 부레 바람 빠지는 소리

쨍그랑거리는 쇠붙이를 삼킨

배를 감싸 쥔 채 떼굴떼굴 구르는 도미의 비명


너무 생생해서 아이가 꽁무니를 빼자

이번엔 아이 엄마에게 지느러미를 뻗어

껴안을 듯 갑자기 라디오에서 트로트 메들리를 쏟아 낸다

부끄럽다고 생각하는 순간일랑

잊자 오늘 밤엔, 남녀노소 다 함께 신나는 노래

머리부터 꼬리까지 뒤틀며 차차차를 추자고?


몸에서 삭제되지 않는 플라스틱 쓰레기와

엷은 미소를 흘리며 제동장치를 끄고

스텝도 풀지 않고 전시장을 한 바퀴 돌자고?

기름 떨어진 부레에 소금 한 방울

눈알에서 툭 떨어뜨려 주는 기계음,

아니요 가까이 오지 마시오

낙동강으로 가시오

* 부산 비엔날레 개막 작품.

# 달을 베어 물다

달 한입 베어 물고
아무렇게나 조각을 뱉어 내는 어머니
주름진 입가에 묻은 월병月餠이거나 달떡이거나
흐트러진 자세 엉킨 머릿결 그대로
파출소에서 당신을 찾아오는 길
안전벨트를 채우려다 털썩 바닥에 쏟아 놓은 흰무리 가
루거나

난 반쯤 파먹힌 달을 보고 있다
코로나별의 물고기자리에 불시착한
홀쭉해진 몸에 달덩이 얼굴, 옆 좌석에 앉힐 동안
42.195 킬로를 몇만 번 주파해도 끄떡없는
달의 가쁜 숨소리

난 안다, 달의 가는 팔이 기울다
떨어져 나가기까지 아무것도 모른다는 것
입에 건네는 물 한 모금으로
목마름이 가시지 않는다는 것, 보름과 삭망을 걸어
당신 나이 사십오억 살
젖가슴 풀어 헤친 채 걸어와

신발 뒤축이 다 닳은 다음에야 초승에 도달했다는 것


달이 사라진 저녁
발을 걸친, 저 구름에서 떨어져
지금도 추락 중, 중력도 없이 내 발뒤꿈치만
당신에게서 멀어지던 것, 밤새도록 가위눌린 악몽에서
떨어지지 않으려고
닻줄을 붙든 내 손에 피멍이 들던 것
무얼까, 달그림자를 밟고 발이 부르트도록 달려도
늘 제자리 뛰기만 한 것 같은, 이 지구의 기분은


그때 달에서 파견한, 동네 파출소에서 신호가 잡혔다
이름 모를 우주정거장, 여기는 재파[*]
지구에 보내는 단 하나의 벨 소리
잘 보이게 떠 있단다, 날 봐 얘야
돌떡을 씹어 돌잡이 입에 젖 대신 퉁퉁 분 빛의 잭팟을
물리고
달춤을 추자, 이 별에서 저 별로 드라이브 가자


정거장에서 돌아오는 길

한껏 입을 벌려, 나도 좋아한 희디흰 백설기를 베어 물었다
지금껏 달장난의 수수께끼를 풀다
시커멓게 탄 내 속에서 강강술래
달 떠 온다, 사십오억 살 우주 속
무심한 내 혀뿌리를 씹었다

* 재파: '재송동 파출소'의 줄임말.

# 새, 오얏꽃 날개

등대 한쪽, 새 한 마리 누워 있다
여기다 누가 새 무덤을 만들어 놓았을까
호미곶 등대 천장에 새겨진 흰 오얏꽃*,
마지막 왕국의 무덤 속에도
조총에 맞은 새의 핏자국이 남아 있을까
먼 대한제국에서 반도의 호랑이 꼬리로 날아온
너덜너덜해진 날갯죽지에 총소리가 박혀 있다

오롯이 꽃의 수술에 새겨진 소리의 흔적,
벽에 갇힌 꽃잎을 가만히 들추어 보면
등대 가득 울음을 삼킨 새들의 날갯소리만 왁자하다
수평선을 펼치듯 날개 펴고
저 무너져 내린 구한말 바다에서 해를 떠메고 오느라
지쳐 버린 새들, 무거운 소리의 집들

붉게 젖은 옷에서 꽃이 아닌 새의 깃털을
털어 내도 자꾸만 일어나는 빛의 보풀들,
해 떨어지면 마저 단추를 달고 속이 터진 밤을
재봉 소리에 잇댄 고종高宗의 관복이 눈앞에 펄럭인다
황제의 마지막 바람마저 바람결에 털어 내면

겨드랑이에 붙은 망국의 딱지를 떼고
밤의 봉제선 끝 어둠도 밝아 올까

맹금의 허기에서 겨우 빠져나온
비틀비틀 제비 한 마리, 등대 빛에 자꾸 눈길이 간다
어두운 밤 한껏 차려입고
곱게 다림질한 옷깃 칙칙 바람 소리를 내던 빛,
꼬리를 뽐내며 낯익은 음악이 흐르면
오늘은 불빛 휘황한 밤무대에 오른
풀 먹은 트로트 가수의 연미복 기장에도 흰 오얏꽃이 폈다

오얏꽃 무늬의 문장紋章을 한
총 맞은 새가 운다,
어깻짓하며 동네방네 들썩들썩
노래하며 쫄깃쫄깃 과메기 살이나 씹으며
파도가 온다, 그러고 보니 주렁주렁 덕장에 매달린 과메
기들도
저 신나는 꽁치들처럼
한때는 훨훨 바다를 활보하는 새였으리라

&gt;

막 꽃 속에서 튀어나온 새,

오얏꽃 무늬의 날개를 달고

등대 천장을 뚫고 총성을 내며 날아오른다

\* 오얏꽃: 조선 왕실을 상징하는 꽃문양. 호미곶 등대에 새겨져 있다.

## 밤의 손

밤이 내게 내미는 손
가슴 깊이 조아리고 박수 치던
손뼉의 뒷면을 돌려 보다, 한눈팔다 놓친
겹겹이 주름 잡힌 손금마다
서둘러 물에서 꺼내 물기를 닦던
흰 수건 뒤에 숨은, 너는 누구인가

그 많은 손들이 어디 갔나
물 맞다 떨어진 마른 손톱 한쪽
아무 데서 날아와 바람에 감긴
잡념처럼 비틀어진 손마디와 손때 묻은 등잔을 끄다
문득 흉터가 잡힌 손끝,
손뼉에 딸려 들어간, 감싸 쥐어도 뚝뚝 듣는 네 핏자국들

아무리 닦아 내도 날개 치는
손바닥의 뒷면은 검은 피
손등을 치고 매만져도 소리만 가득할 뿐
등피에 감겨 들어간 꿈속까지 형기를 줄이려다
손바닥에 놀라 화들짝 깨어난 내 악몽을
보고 있는가, 손을 움켜쥐고 지치도록 머리카락을 쓸어

내리던 밤을


　아무렇게나 내게 달라붙던
　벌레 날개며 흰 머리카락이며 심지 풀린
　속죄의 등잔을 홀로 죄고 당기는 동안
　등피마다 아물지 않는 흉터와
　내 데스마스크를 치던 칼끝의 진동과 전율과
　허공에 매달린 목, 머리를 감싸 쥔 채 바닥에 주저앉아
　열 손가락 죄다 물에 풀어놓아도 손바닥의 검은 지문이
지워지지 않던


　영원히 무죄로 남아 있는
　부랴부랴 손을 씻고 돌아서면 손에서 이상한 손금이 생
겨나고
　밤은 내 손을 잡아 주다 힘없이
　떨어뜨린 아귀힘으로, 네 피에서 가장 멀어진
　내 목을 끌어안고 혼자 듣는
　뜨뜻한 오줌 누는 소리

# 고래 사냥 2,500년사
—반구대 암각화

바다가 갈라졌다

갈라진 바다 사이로 작살에 꽂힌 고래들이 뛰어나온다
돌잠을 자다 일어난 호랑이가 수직으로 서서 으르렁거린다
핏빛으로 물든 시간을 회유하여 혹등고래, 흰긴수염고래
군대가 되어 지나간다 죽어 가는 고래와 함께 남자들은 여
자 안에서 다시 전사한다 날 세운 증오가 긴 슬픔의 바다에
잠겨 있다 둥둥 북소리에 깨어난다 남자는 마지막 힘을 다
해 그 소리를 향해 창을 던진다 나도 이천오백 년간의 잠보
다 무거운 눈꺼풀을 들어 올린다

자 떠나자 동해 바다로
한국 가요 백 년사를 부르며 젊은 일군의 얄팍한 반항과
희망까지 건너가고 나자 바다는 합쳐졌다

바다는 여전히 동정녀의 모습으로 누워 있다
영혼의 무염 지대,
절벽에 산 채로 박혀 있던 슬픔의 달이 깨어난다
남근을 곧추세운 서슬 푸른 파도
비가 내리고 바다가 일어선다

고래의 오줌보가 갑자기 탱탱하게 부풀어 올라
사방에 흩뿌려진다

천지간의 이 지린내!

이누우욕*

바다가 두 동강 나고 있다, 쩍쩍 갈라지는
얼음 덩어리를 밀고 들어갈수록
내 갈비뼈에도 실금이 갈 것 같아
조심스레 북극의 여름을 헤치고 가는 아라온호**,
쿵쿵 진동음을 울리며 느린 바다를 뚫고 항진한다
배 위로 검은 지느러미 펄럭이며
북극 고래가 쑤욱 머리를 밀어 올리기까지

늦은 밤에 도착했는데
낮이다, 쇄빙선이 코앞에 와도
태연히 유빙 사이로 물을 뿜는 고래는
높낮이도 없는 백야의 밤을 어떻게 건너왔나
나는 또 어떻게 너를 잊고 내 극야를 건너가야 하나
내가 두 갈퀴손과 전기모터로 헤쳐 온 바다가
고래와 이누이트족에겐 신나는 놀이터,

툭 등지느러미로 수면을 쳐대며
고래는 놀이 삼아 재주넘기를 한다
내게 손짓하듯 얼음을 밀치며
맵고 큰 손바닥으로 뱃전보다 먼저 내 뺨을 때린다

나는 온몸 가득 희디흰 얼음파도를 덮어쓰고

북극 이누이트 말로 바짝 고래 코에 대고 인사한다

이누우욕, 흰소리 코맹맹이 소리라도 좋아

바다의 출렁임 위에 태어난 우리,

눈의 백 가지 색을 구별할 줄 알고

물고기 피와 물개 기름으로 내통한 사이

가슴에서 흰 젖이 쑤욱 솟아나, 수면과 눈높이로

입, 코, 아가미 주름, 수염, 배 밀며 다투듯 서로에게 헤

엄쳐 간다고


서로를 스쳐 지나온 우린

금방 다정해지고 방금 아쉬워

살 속이 젖도록 파도에 얼굴을 들이밀어도

오해도 순간 이해도 순간이야

아니 바다에선 모든 게

이해돼, 변덕스런 해무 속

성큼 해빙 위에 올라타 얼음층을 뚫고

드릴을 박는다, 꽝꽝 언 내 마음의 크레바스에 금이 가

는 소리

내가 변했다고 말하지 마

얼음 속 너는 처음 보는 얼굴

이만큼 떨어져 있는 게 우리에겐 좋은 일,

아니 너를 향해 뚫고 내려가는 내 아이스 나이프***보다

내가 먼저 갈지 몰라 이 밤은 선수에서 선미까지

해빙 채취기에 걸어 놓은 내 팔의 주름처럼 왜 이렇게 길

기만 하나

얼음 눈물에 갇힌

네 눈을 꺼내기 위해 서로의 등골까지 파고들어

이누우욕, 우린 부푼 허파를 마주치며 흐느꼈다 등 뒤에서

작살 총에 맞아 바다를 온통 피비린내로 물들이며 누군가

를 부르는

고래 울음소리 저렇게 요란한데,

---

* 이누우욕: 이누이트 말로 '안녕하세요'라는 뜻.
** 아라온호: 극지 해상을 다니는 국내 첫 쇄빙선.
*** 아이스 나이프: 얼음을 자르는 칼.

해 설

## 예술가의 존재론 탐색과 시원始原의 발견

유성호(문학평론가, 한양대 국문과 교수)

## 1. 커다란 틀 안에서 깊은 내공으로 사유해 가는 시

　김세윤의 시집 『코로나 블루스』(천년의시작, 2021)는, 자유롭고도 역동적인 '춤'과 '음악'과 '문장'의 힘으로 삶과 죽음, 생성과 소멸, 시간과 공간, 이성과 욕망의 이중주를 다양하게 펼쳐 낸 언어적 연금술의 일대 집성集成이다. 가령 시인은 「시인의 말」에서 자신의 시를 두고 "늙은 래퍼"가 부르는 노래라고 규정하고 있고, 나아가 공중을 차 오르는 순간 "숨 덩어리"가 스스로 수행해 가는 "심장의 노래"라고 명명하고 있다. 이때 그의 시는 사물의 표면을 인상적으로 포착하고 개괄하는 서경적 필치나 서정적 주체의 고백적 표현을 위주로 하는 서정적 경향을 훌쩍 벗어난다. 마찬가지로 현

실의 반영이나 극복을 지향하는 현실주의적 흐름으로부터
도 현저하게 비껴 나 있다. 그렇다고 그가 심미적 완결성에
만 공을 들이는 것도 아니다. 김세윤의 시는 이러한 여러 지
향이 빠뜨리고 있는 어떤 지점에서 발원하는 독자적 음역音
域의 세계이다. 우리가 이러한 그의 시를 읽고 그 안에서 어
떤 울림과 떨림을 경험하게 되는 것은, 그가 이러한 현대시
의 여러 편향을 넘어서면서 더욱 커다란 틀 안에서 자신만
의 '시詩'를 사유해 가기 때문일 것이다. 그래서 김세윤의 시
는 최근 우리 시단이 배출한 가장 개성적이고 독자적인 미
학을 담고 있다고 해도 틀리지 않을 것이다. 이제 그 내공
깊은 세계로 한 걸음씩 들어가 보도록 하자.


## 2. 복합적 감각과 사유의 예술적 구성으로서의 '시 쓰기'

앞에서도 암시하였듯이, 김세윤 시인이 빈번하고 충실하
게 섭렵해 가는 예술 형식은 '춤'과 '음악'이다. 물론 그것은
문맥마다 '시'로 그 의미가 활달하게 전이되면서 '춤꾼=래퍼
=시인'이라는 등식을 완성해 간다. 시인은 이러한 등가성을
통해 인간의 낱낱 욕망의 흐름을 따라가고 있고, 궁극적으
로 시의 전언을 인간 보편의 존재론으로 귀결해 가는 우의
적寓意的 속성을 유지하고 있다. 예술에 대한 폭 넓은 해석
을 통해 예술 자체를 변형하면서 예술에 대한 태도를 강렬
하게 되묻고 있는 것이다. 또한 그의 이러한 실천은 매우 새

롭고 낯선 요소들을 통해 감상자의 시선을 한없이 울려 주는 미학적 효과를 수반하는데, 이때 그는 경험적이고 사실적인 삽화가 아니라 상상적 질서에 따라 감각과 사유의 과정을 재배열한 결과를 특유의 예술적 구성력으로 보여 주고 있는 것이다. 먼저 다음 작품을 한번 읽어 보자.

날 꺼내 줘 이 울음 속에서
누르면 터지는, 후렴까지 다 끝내도록 그치지 않는

뮤직 박스 안 빙글빙글 돌아가는 인형
음악이 무거운 걸 모르는 천사거나 요요를 모르는 악마거나

이 발에서 저 발로 박스 위를 굴렀을 뿐
영혼이 밟히다니, 이게 있을 수 있는 일인가

구를수록 사방에 음악이 터지진 않아
구를수록 단번에 머리가 깨지진 않아

내 말 좀 들어 봐
스스럼없이 박스 속을 들락거린다 해도 음악이 치가 떨리는 분노를 잠재우지 않아

온몸이 으슬으슬해, 더 으슥한 곳이라도

날 데려다줘, 아무 데도 나갈 데가 없어

엄마, 나 비트 박스라도 이 속이 더 편해
나오자마자 어디론가 노래의 날개가 사라져

베이비 박스가 턱 하니 내 눈앞에 떨어졌다
노래에 짓눌린 인형의 머리가 수박처럼 쏟아졌다

　　　　　　　　　　　　　　　　　　　―「뮤직 박스」 전문


　누르면 터지고 후렴까지 다 끝나도 그치지 않고 음악이
흘러나오는 "뮤직 박스"는 그 자체로 '시 쓰기'의 비유체로
등장한다. 이때 '시인'과 '뮤즈'의 목소리는 때로 겹쳐 흐르
기도 하고 때로 비껴가기도 한다. 김세윤 시인은 뮤직 박스
안의 인형이 내지르는 소리를 전경前景으로 제시한다. 그 안
에서 인형은 영혼이 밟히거나 분노가 치미는 순간을 숱하게
경험하지만 "엄마, 나 비트 박스라도 이 속이 더 편해"라는
반어적 목소리로 자신의 존재 증명을 수행하기도 한다. 어
디론가 사라져 가는 "노래의 날개"를 따라 "노래에 짓눌린
인형의 머리"가 쏟아져 나올 때, 시인은 '뮤직 박스―비트
박스―베이비 박스'라는 라인을 따라 음악이 주는 무게와 결
핍을 동시에 노래하는 것이다. 이러한 음악에 대한 태도야
말로 '시인 김세윤'이 가지는 시 쓰기의 복합적 자의식이 아
닐까 한다. 시인은 "내 손끝에서 벌어지는 라임과/ 내 팔뚝
으로 치대는 무반주까지"(「수타 반점」) 나아가면서 자신의 시

쓰기를 확장해 가고 있고, "추억으로 지난날을 금칠한/ 텅 빈 악보와 끝내 개사하지 못한 내 도금의 노래"(「연금술사의 손」)를 안타까워하기도 한다. 그렇게 그의 뮤즈는 한편으로 는 갇혀 있고 한편으로는 옹색한 공간을 뚫고 나와 자신만 의 한없는 노래를 들려준다. 다음은 어떠한가.

밑 빠진 재래식 세면대
코를 찌르는 비누 냄새 속
메아리쳐 오는, 난데없는 클래식 곡

이래도 불지 않을래,
어휴, 이 놈 머리에 붙은 비듬 좀 봐

숭숭 뚫린 구멍이 다가와
덜컥 뒷덜미를 틀어잡더니
벌컥벌컥 입과 코 속으로 쏟아 내는 경쾌하고 빠른 곡들

숨 막힐 듯 차가운
비명에 잡아먹혀 비명으로 꽉 채우는
물의 송곳에 찔린 에코 효과음으로
아린 눈알에 박히는 아리아

심장이 터질 듯 블러스 시프트
직전까지 도달해서야 비로소 바닥에

바닥 직전의 바다에

눈의 실핏줄이 다 터진 빙산 바닥에 다다라, 마구 틀어

놓은 아우성


한 줄기 빛마저 삼키는

구멍마다 피로 쓴 악보 속

들이킨 그 선혈이 울컥 뱉어 낸 내 숨소리였다니

까마득히 귓등을 스치는, 비듬 떨어지는 오선지마다

혼이 나가는


식어 가는 머리카락 끝

물의 손아귀에 촘촘히 잘려 나간

칼과 가위 소리에 맞춰

드넓은 깊은 평화가 타일 바닥에

수도꼭지마다 피의 유전이 터지는


뜨거운 바람에 사로잡혀

목덜미는 시원하고 머릿속마저 개운해지는

쑤욱 세면대 위로 누군가 거꾸로 내 머리통에다 비듬 합

창곡을 쳐들 때

　　　　　　　　　　　　　　—「클래식 이발관」 전문


　"클래식 이발관"을 공간으로 하여 시 쓰기의 자의식이 한

번 더 펼쳐진다. 그 이발관의 세면대는 재래식인 데다 밑이

빠져 있고 비누 냄새로 가득하다. 그때 난데없이 메아리쳐 오는 "클래식 곡"은 이러한 외관을 생소하게 만드는 소리의 충격으로 다가온다. 이어지는 "이래도 불지 않을래"라는 말은 "비명에 잡아먹"힌 "비명"과 "물의 송곳에 찔린 에코 효과음"과 "아린 눈알"이 파생시키는 어떤 폭력적인 장면을 연상케 한다. 후속 이미지군群도 이를테면 "눈의 실핏줄이 다 터진 빙산 바닥"이나 "그 선혈이 울컥 뱉어 낸 내 숨소리" 같은 병리적 차원들로 이어져 간다. 마침내 클래식 곡의 사이로 삽입되는 "경쾌하고 빠른 곡들"이나 "마구 틀어 놓은 아우성" 혹은 "구멍마다 피로 쓴 악보" "비듬 떨어지는 오선지" 등은 이러한 훼손된 육체와 영혼이 '음악'과 연관된다는 암시를 주면서 결국은 이 아릿한 장면들을 "드넓은 깊은 평화가 타일 바닥에/ 수도꼭지마다 피의 유전이 터지는" 순간까지 이르게 해 준다. 이 이발관에서의 격렬한 충동과 잔잔한 바닥의 양면성이 바로 "고독에 지친, 흰 점액질의 웃음"(『치설齒舌의 노래』)으로 가득한 "클래식 이발관"의 상징성을 증폭시켜 주는 것이다. 이 그로테스크하고 암시적인 욕망들이 엉켜 있는 이발관이야말로 "넓은 우주에 네가 남긴 마지막 문장"(『눈을 비비다』)처럼 "환청인지 환상인지 모를 노래의 꿈속을 헤매는"(『즉흥 환상곡』) 시인 자신의 존재론을 흐릿하게 전해 주는 삽화가 아니겠는가.

우리의 기억 속에 프랑스의 시인 폴 발레리가 말한 "시는 언어의 연금술"이라는 명제는 시를 설명하는 비유로 아직도 정점의 자리를 점하고 있다. 그만큼 시는 다른 언어 양

식보다 훨씬 치밀한 장인 정신을 요구한다. 그때 시의 언어는 조화로운 배열과 구성을 통해 발화되기 마련인데, 김세윤의 시에서 언어의 연금술은 순리가 아닌 비의秘義, 조화가 아닌 비틀기, 통일이 아닌 일탈이 중요하게 나타난다는 점에서 단연 첨예한 현대성과 복합성을 거느리고 있다 할 것이다. 이는 시의 언어가 일상언어와 변별되는 정제된 속성을 지닌다는 견해에 대한 도전이자 새로운 해석이며 현대인의 복합성과 다양성을 효과적으로 드러낼 수 있는 그만의 방법이다. 따라서 우리는 상상적 질서에 따른 복합적 감각과 사유의 예술적 구성 과정을 김세윤의 시 쓰기에서 발견하게 되며, "뮤직 박스"와 "클래식 이발관"이 가지는 중층적 의미망이야말로 그가 규정하고 있는 '시 쓰기'의 현대적 의장意匠임을 알아가게 된다.


## 3. '춤'과 '문장'으로 구현되어 가는 예술적 자의식

모든 예술에는 감각적 구성이 먼저 나타나고 그 위에 예술가의 상상적인 사유 과정이 따라오게 마련이다. 그리고 그러한 질서는 실재적 사물에서만 비롯하는 것이 아니라 '환幻'이라고 명명할 수 있는 것들이 나타나는 순간에 이루어지기도 한다. 이때 환의 움직임이 어쩌면 실제 사물이나 현실보다 훨씬 더 예술성을 환기하게 되는데, 김세윤의 시는 스스로의 실존적 고통과 그에 대한 견딤의 에너지를 다양하게 그 위에 비침으로써 이러한 에너지를 역동적으로 보여 주는 세계이다. 그 점에서 그의 시는 우리 시단에서 비근한 사례를 찾기 어려운 독자성의 산물이 아닌가 한다. 그 안에는 주변으로 내몰린 타자들에 대한 관심과 사랑도 들어 있고, 내면과 사물을 육친적 교감과 친화력으로 결속하면서 우리에게 삶의 진정성을 전해 주는 인지적 충격의 세계도 출렁거리고 있다. 더불어 우리는 그의 미학적 기둥 가운데 하나가 사람이나 사물 사이를 규율하는 현실의 질서를 환기하려는 욕망에 있음도 확인하게 된다.

　　개나리 버스 속 놀란 아이의 눈망울이
　　맞은편 내 어깨에 닿을 듯 산복도로는 만원이다
　　골목 벽화를 탁본하듯 굵고 가는
　　두 대의 버스 사이로 바퀴가 휜
　　할머니의 폐지 수레가 떡 버티고 있다

　　아우성이 된 도로 한복판
　　아우성의 길이 펼쳐진다, 아이들의 떠드는 소리
　　길 밖을 넘어올 때, 조용히 해요
　　소리치는 여선생이었거나 앞으로 꽈당
　　손을 짚고 반사적으로 몸을 일으켜 세우려는
　　폐지처럼 흩어지는 할머니 비명이었거나

　　그건, 아우성 한가운데
　　누가 나타나 차선을 정리해 주는 순간

아니 발레리나 할머니와 나를
꽃수레가 개나리를 피운 담벼락 위로 안아 올려
신부가 던지는 부케처럼 가볍게 받아 드는 순간

저무는 길모퉁이를 지나쳐
주저앉은 골목, 귀를 스치듯 개나리 버스
내 어깨와 팔꿈치 사이로 코너링을 하고 있다
쭉 펴진 허리에서 두둑 소리와 함께
타는 바퀴 냄새가 도로 아래로 미끄러지고 있다

나는 일부러 개구쟁이 아이처럼
할머니를 손으로 꽉 잡고 돌리는 것이 아니라
다만 내 어깨에서
긴 팔을 꺼내, 그 팔의 각도로 끌어안고
저 수레바퀴 아래 꽃의 왈츠를 추는 것이다

왁자지껄 아이들과 여선생을 하객으로
오래전 수몰된 아랫마을에서 시집온
발레리나에게 엉겁결에 손을 내민 나
개구쟁이의 손뼉이 손에 잡힐 듯
덩실덩실 혼례 춤을 추는 동작으로
발끝을 든 우리, 수레의 방향으로 턴하는 무용수의 포
즈를 취하면서

—「늙은 발레리나」 전문

190

여기서 "늙은 발레리나"는 다름 아닌 폐지 수레를 끌고 가시는 할머니다. "개나리 버스 속 놀란 아이의 눈망울"과 현저한 대조를 보이는 할머니의 형상은 "바퀴가 휜" 만큼 그 연륜과 세월을 짐작게끔 해 준다. 산복도로에서 버스와 수레가 엉키면서 아우성이 되었는데, 이때 "아이들의 떠드는 소리"와 "폐지처럼 흩어지는 할머니 비명" 소리가 동시에 울리면서 이 사태를 감각적으로 알려 준다. 누군가가 차선을 정리하는 때 시인은 "발레리나 할머니"와 자신이 "꽃수레가 개나리를 피운 담벼락 위로 안아 올려/ 신부가 던지는 부케처럼 가볍게 받아 드는 순간"을 상상해 본다. 저무는 길모퉁이를 지나쳐 주저앉은 골목에서 시인은 일부러 개구쟁이가 되어 할머니와 수레바퀴 아래 "꽃의 왈츠"를 춘다. "오래전 수몰된 아랫마을에서 시집온/ 발레리나"에게 손을 내밀어 "혼례 춤을 추는 동작으로/ 발끝을 든" 것이다. 이때 "수레의 방향으로 턴하는 무용수의 포즈를" 취한 할머니와 시인은 현실의 난경難境을 예술의 경쾌함으로 전이시킨 상상력의 사제로 새삼 등극한다. 이렇듯 김세윤의 시는 "눈에 띄는 무엇이든 녹여 순금의 나를 만드는/ 다가갈수록 멀어지는 빛"(『연금술사의 손』)의 결과물이고 "어스름의 정적에 꼬리를 감추는 변두리 놀이터"(『숨그네』)를 발견해 가는 힘에서 발원한다. 생의 어둑한 주변부를 밝고 생동감 있는 예술 현장으로 이끌어 내는 시인의 사유와 감각이 하염없이 아름다운 미학적 빛을 뿌리고 있다.

얼굴을 위로 반듯하게 펼치자

데스마스크, 네 눈 주위로 번지는

주름 반점과 눈썹에 가려진 멍을 위로 향하게 하고

나 혼자 의식을 치르듯

잠시 얼굴에 머문 저승꽃 위에 한 송이 장미를 놓는가


숨 멎기 전 숨 쉬던 아가미 시절

어린魚鱗으로 돌아가 첫 목차를 열고

숨 쉴 틈 없이 네 책, 휙휙 침을 묻혀 가며 페이지를 넘기자

쉽게 읽히긴 싫어, 외치며 뻗대다

단 한 번 죽는 법을 배우지 못해

이제야 행간을 한쪽 한쪽 정독하는가


손가락에 닿는 종이 활자와

마지막까지 감각이 남은 귀,

입안으로 그 절대음감을 굴리는 동안

내 손길은 고통과 마취로 몸부림쳤을 네 팔을 부드럽
게 쥐고

마사지하듯 혼이 남은 귓바퀴를 문지르는가


한 단락 몸속을 훑고 나서

또 한 단락 필멸의 문장에 몸을 맡기고

내가 나를 염하는가

뼛가루가 물에 잘 섞여 회반죽이 되고

흘러내린 진흙은 영원히 읽을 수 없는 장미의 홀로그램
으로 떠오르는가


잘 갈린 너를 한 움큼 손에 쥐고
장미의 문장이 그려진 단지를 안고
가자, 숨 멈춘 바닥에 풀썩 형용사와 부사를 쏟아 버리며
배꼽 유언만 손아귀에 거머쥔 채
문장 끝에 딱 붙은 말없음표의 자세로


불붙이기 전, 소지의
읽다 만 불꽃에 혼이 머물다 가게
웅얼웅얼 타다 남은 재를 혓바닥으로 핥아 내고
입 오므려, 오래 참느라
움푹 파인 눈에 내 함몰된 마지막 인사
후, 네 입에 숨을 불어 넣듯 장미의 호흡을 건네는가
　　　　　　　　　　　　　—「나를 내려다보다」 전문


독일의 시인 라이너 마리아 릴케가 쓴 구절 가운데 하나
인 "주여, 모두에게 고유한 죽음을 주소서"라고 부제를 붙
인 것으로 보아, 이 작품에서 '나'를 내려다보는 시선은 '죽
음'과 관련이 있을 것으로 짐작된다. 아닌 게 아니라 이 작
품에서 '나'를 감싸고 있는 것은 '데스마스크/저승꽃' 같은
죽음 이미지들이다. 그런데 '나'와 '너'는 시선과 대상이라는
분화에도 불구하고 결국 하나의 몸이다. 주름 반점과 멍이

배인 얼굴을 반듯하게 위로 펼치고 "나 혼자 의식을 치르듯" 한 송이 장미를 놓는 화자의 마음은 "숨 쉬던 아가미 시절/ 어린魚鱗으로 돌아가"기를 소망한다. 여기서 '어린'이란 존재의 "첫 목차"를 열던 시절의 은유로서 그때 숨 쉴 틈도 없이 침을 묻혀 가며 페이지를 넘기던 시절을 유추하게끔 해 준다. 이제는 고유하게 죽는 법을 배우지 못해 "행간을 한쪽 한쪽 정독하는" 시간에 와 있지만, 화자는 종이 활자를 만지는 손가락과 마지막까지 감각이 남은 귀 그리고 절대음감을 굴리는 입을 가진 최후의 순간까지 "고통과 마춰로 몸부림쳤을 네 팔을 부드럽게 쥐고/ 마사지하듯 혼이 남은 귓바퀴를 문지르는" 손길의 정성을 다한다. 한 단락 한 단락 "필멸의 문장"에 몸을 맡기고 "내가 나를 염하는" 이 기이한 순간을 통해 화자는 "영원히 읽을 수 없는 장미의 홀로그램으로" 자신의 죽음을 도약시키는 것이다. 아마도 언제나 "죽음이 지척에 있었기 때문"(『아우우우』)이었을 것이다. "장미의 문장"과 그 "문장 끝에 딱 붙은 말없음표"로 말이다. "소지의/ 읽다 만 불꽃"과 "타다 남은 재"를 참아 내면서 눈에 함몰된 마지막 인사를 마치고 화자는 "네 입에 숨을 불어 넣듯 장미의 호흡을 건네는" 자신을 발견한다. 그때 릴케가 노래한 '고유한 죽음'이 완성되고, 시인은 그 안에서 새로운 부활의 징후를 읽어 낸다. 그렇게 김세윤 시인은 "고독에 우는 내 등뼈를/ 가만히 쓰다듬어 주는 기분으로"(『버킷 리스트』) 죽음을 가져와 존재의 기원(origin)까지 내려가서는 "부드러운 엔진의 힘으로 내려앉는 네 심장 속"(『즉흥 소나타』)을 다시

비추어 낸다. 그것은 비록 "만가輓歌의 힘"(『춤꾼들』)으로 부른 노래지만 그 안에는 역설적으로 "숨길이 열리는 순간"(『내 한숨 발전소』)이 흐르고 있었던 것이다.

이처럼 김세윤 시인은 '늙음'과 '죽음'이라는 현상을 소환하여 거기에 '춤'과 '문장'의 이미지를 불어넣음으로써 다시 한번 그만의 예술적 자의식을 구현해 간다. 그래서 우리는 김세윤의 이번 시집이 비로소 자신의 예술가적 기질에 맞는 어법으로 안착한 소중한 표지標識가 되고 있다고 생각해 본다. 이번 시집에 실린 작품 모두가 빼어난 균질성을 갖추고 있어 어느 것 하나 빼기 어렵지만, 위의 두 작품은 특별히 그의 이러한 시적 진화의 감각을 집약하고 있다고 해도 좋을 것이다. 그는 이렇게 '시'야말로 자신의 예민하고도 섬세한 상상력을 통해 일상에 편재해 있는 폐허의 기운을 치유하고 새로운 소통 가능성을 꿈꾸는 첨예한 예술 양식임을 말하고 있는 시인인 셈이다.


## 4. 역사와 시원을 탐색해 가는 발걸음

그런가 하면 김세윤 시인은 사물이나 시인 자신의 몸에서 일어나는 생명의 역동성을 파악해 내는 방법에 의해 다양한 역사와 시원始原의 형상을 생생하게 보여 준다. 물론 그의 시편은 생성의 활력뿐만 아니라 소멸의 필연적 양상까지 암시하는 복합성의 세계를 견지하지만, 특별히 오래전

부터 이어져 오는 역사적 경험과 사유와 감각까지 잡아내는 정신적 활력을 보여 준다. 이는 비유컨대 새벽녘의 밝음을 담아내는 동시에 가장 흐릿하고 오래된 지난 시간의 음영陰影까지 그려 내는 것이 자신의 몫임을 선명하게 말해 주는 것이다. 다음 풍경에 서린 그러한 경험과 사유와 감각을 읽어 보도록 하자.

등대 한쪽, 새 한 마리 누워 있다
여기다 누가 새 무덤을 만들어 놓았을까
호미곶 등대 천장에 새겨진 흰 오얏꽃,
마지막 왕국의 무덤 속에도
조총에 맞은 새의 핏자국이 남아 있을까
먼 대한제국에서 반도의 호랑이 꼬리로 날아온
너덜너덜해진 날갯죽지에 총소리가 박혀 있다

오롯이 꽃의 수술에 새겨진 소리의 흔적,
벽에 갇힌 꽃잎을 가만히 들추어 보면
등대 가득 울음을 삼킨 새들의 날갯소리만 왁자하다
수평선을 펼치듯 날개 펴고
저 무너져 내린 구한말 바다에서 해를 떠메고 오느라
지쳐 버린 새들, 무거운 소리의 집들

붉게 젖은 옷에서 꽃이 아닌 새의 깃털을
털어 내도 자꾸만 일어나는 빛의 보풀들,

해 떨어지면 마저 단추를 달고 속이 터진 밤을

재봉 소리에 잇댄 고종高宗의 관복이 눈앞에 펄럭인다

황제의 마지막 바람마저 바람결에 털어 내면

겨드랑이에 붙은 망국의 딱지를 떼고

밤의 봉제선 끝 어둠도 밝아 올까


맹금의 허기에서 겨우 빠져나온

비틀비틀 제비 한 마리, 등대 빛에 자꾸 눈길이 간다

어두운 밤 한껏 차려입고

곱게 다림질한 옷깃 칙칙 바람 소리를 내던 빛,

꼬리를 뽐내며 낯익은 음악이 흐르면

오늘은 불빛 휘황한 밤무대에 오른

풀 먹은 트로트 가수의 연미복 기장에도 흰 오얏꽃이 폈다


오얏꽃 무늬의 문장紋章을 한

총 맞은 새가 운다,

어깻짓하며 동네방네 들썩들썩

노래하며 쫄깃쫄깃 과메기 살이나 씹으며

파도가 온다, 그러고 보니 주렁주렁 덕장에 매달린 과메기들도

저 신나는 꽁치들처럼

한때는 훨훨 바다를 활보하는 새였으리라


막 꽃 속에서 튀어나온 새,

오얏꽃 무늬의 날개를 달고

등대 천장을 뚫고 총성을 내며 날아오른다

—「새, 오얏꽃 날개」 전문

　"오얏꽃"은 조선 왕실을 상징하는 꽃문양인데 "호미곶 등대"에 새겨져 있다고 한다. 시인은 "호미곶 등대"를 소재로 삼아 그 외관 묘사에 머무르지 않고 그것이 거느린 역사적 의미망을 투시하는 데 성공하고 있다. 한 시대의 역사적 흔적이 호미곶까지 옮겨 온 것을 바탕으로 하여 우리가 겪고 있는 현재형까지 암시해 주는 역작이라 할 것이다. 등대 한 쪽에 놓인 새 무덤과 등대 천장에 새겨진 흰 오얏꽃은 한결같이 "마지막 왕국"이 남긴 핏자국의 역사를 전해 준다. "먼 대한제국에서 반도의 호랑이 꼬리로 날아온" 날갯죽지에는 총소리가 박혀 있어 그 안에 새겨진 소리의 흔적에는 등대 가득 울음을 삼킨 새들의 날갯소리가 아직도 들어 있다. 이렇게 역사의 무게를 지고 먼 곳까지 날아오느라 새들은 "무거운 소리의 집들"로 남았을 뿐이다. "자꾸만 일어나는 빛의 보풀들"은 "고종의 관복"과 "황제의 마지막 바람"을 환기해 주고 나아가 "망국의 딱지"와 "밤의 봉제선 끝 어둠"까지 암유暗喩해 준다. "오얏꽃 무늬의 문장紋章을 한/ 총 맞은 새"가 울 때, 한때 훨훨 바다를 활보하다가 이제는 "오얏꽃 무늬의 날개를 달고/ 등대 천장을 뚫고 총성을 내며 날아"오르는 새야말로 "영원히 바다 위를 떠도는 섬"(「플라스틱 섬」)처럼 "푸른/ 눈빛이 신비한 오로라로 숨어드는"(「브라보 마이

198

라이프』 신성한 존재자로 거듭나는 것이다. 이처럼 김세윤의 시선은 시간으로는 오랜 역사를 가로지르고, 공간으로는 먼 곳에서 날아온 새의 날갯짓을 포괄하고 있다. 그만의 탁월한 역사적 감각과 사유가 그 안에 녹아 흐른다.

바다가 두 동강 나고 있다, 쩍쩍 갈라지는
얼음 덩어리를 밀고 들어갈수록
내 갈비뼈에도 실금이 갈 것 같아
조심스레 북극의 여름을 헤치고 가는 아라온호,
쿵쿵 진동음을 울리며 느린 바다를 뚫고 항진한다
배 위로 검은 지느러미 펄럭이며
북극 고래가 쑤욱 머리를 밀어 올리기까지

늦은 밤에 도착했는데
낮이다, 쇄빙선이 코앞에 와도
태연히 유빙 사이로 물을 뿜는 고래는
높낮이도 없는 백야의 밤을 어떻게 건너왔나
나는 또 어떻게 너를 잊고 내 극야를 건너가야 하나
내가 두 갈퀴손과 전기모터로 헤쳐 온 바다가
고래와 이누이트족에겐 신나는 놀이터,

툭 등지느러미로 수면을 쳐대며
고래는 놀이 삼아 재주넘기를 한다
내게 손짓하듯 얼음을 밀치며

맵고 큰 손바닥으로 뱃전보다 먼저 내 뺨을 때린다

나는 온몸 가득 희디흰 얼음파도를 덮어쓰고

북극 이누이트 말로 바짝 고래 코에 대고 인사한다

이누우욕, 흰소리 코맹맹이 소리라도 좋아

바다의 출렁임 위에 태어난 우리,

눈의 백 가지 색을 구별할 줄 알고

물고기 피와 물개 기름으로 내통한 사이

가슴에서 흰 젖이 쑤욱 솟아나, 수면과 눈높이로

입, 코, 아가미 주름, 수염, 배 밀며 다투듯 서로에게 헤
엄쳐 간다고


서로를 스쳐 지나온 우린

금방 다정해지고 방금 아쉬워

살 속이 젖도록 파도에 얼굴을 들이밀어도

오해도 순간 이해도 순간이야

아니 바다에선 모든 게

이해돼, 변덕스런 해무 속

성큼 해빙 위에 올라타 얼음층을 뚫고

드릴을 박는다, �꽝�꽝 언 내 마음의 크레바스에 금이 가
는 소리


내가 변했다고 말하지 마

얼음 속 너는 처음 보는 얼굴

이만큼 떨어져 있는 게 우리에겐 좋은 일,

아니 너를 향해 뚫고 내려가는 내 아이스 나이프보다

내가 먼저 갈지 몰라 이 밤은 선수에서 선미까지

해빙 채취기에 걸어 놓은 내 팔의 주름처럼 왜 이렇게
길기만 하나

얼음 눈물에 갇힌

네 눈을 꺼내기 위해 서로의 등골까지 파고들어

이누우욕, 우린 부푼 허파를 마주치며 흐느꼈다 등 뒤에서

작살 총에 맞아 바다를 온통 피비린내로 물들이며 누군
가를 부르는

고래 울음소리 저렇게 요란한데,

—「이누우욕」 전문

이 작품 역시 공간으로는 북극 바다의 양양한 모습을 담고 있고 시간으로는 극지 경험의 순간 속에서 시원으로의 역류를 상상하게끔 해 주고 있는 명편이다. 직접 경험이든 간접 체험이든 극지 해상을 다니던 국내 첫 쇄빙선 아라온호의 경험이 농밀하게 출렁거리고 있다. 작품 제목은 이누이트 말로 '안녕하세요'라는 뜻을 품고 있다고 한다. 갈라지는 얼음 덩어리에 의해 두 동강 난 바다는 "갈비뼈에도 실금이 갈 것" 같은 느낌을 주는데, 조심스럽게 북극을 헤치고 가는 쇄빙선이 항진할 때 배 위로 북극고래가 머리를 밀어 올리기도 하고 태연히 유빙 사이로 물을 뿜기도 한다. "높낮이도 없는 백야의 밤"을 건너 다시 극야를 넘어야 하는 순간에 시인은 그 고난의 바다가 한때 "고래와 이누이트족

에겐 신나는 놀이터"였음을 깨닫는다. 온몸 가득 얼음 파도를 덮어쓰고 고래에게 인사할 때 자신이 와 있는 시공간이 "바다의 출렁임 위에 태어난" 먼 기원임을 발견한 것이다. 그렇게 수면과 가지런히 눈높이로 서로에게 헤엄쳐 가는 고래와 '나'는 이 넓은 바다에서 "마음의 크레바스에 금이 가는 소리"를 만들어 낸다. 작살 총에 맞아 바다를 온통 피비린내로 물들이며 누군가를 부르는 고래 울음소리는, 수많은 세속적 이미지들을 뒤로하고 가장 신성하고 원초적인 전율을 만들어 내는 데 기여한다. 그것은, 말할 것도 없이, 시인이 지나온 "머리에 불이 확 점화하는 순간의, 호랑이 포효로 가슴이 찢어지는 전율"(「2시의 영혼」)이기도 했을 것이다.

이렇듯 김세윤 시인은 분별적 이성 이전에 존재하는 원초적 사물이나 관념을 감각적 충실성으로 재현해 간다. 그것은, 들뢰즈식으로 말하면, 인식론적 지각(perception)이 아니라 몸에 직접적으로 작용하는 존재론적 감각(sensation)을 동반한다. 이때 시인에게 감각이란 세계와 자아를 매개하는 도구적 통로가 아니라 세계와 몸이 만나며 생성해 내는 경험적 진동이자 원초적인 유물론적 현상으로 다가온다. 이러한 차원에서 김세윤의 시는 메시지 중심에서 환유적 감각의 층을 풍부한 모호함으로 확산해 내는 코드로 이월되고 있다고 할 수 있을 것이다. 호미곶에서 북극 바다로 이월해 가는 그의 스케일 못지않게 역사와 시원을 탐색해 가는 그의 발걸음이 '시인 김세윤'을 우리 시대의 장인으로 만들기에 모자람이 없어 보이는 것도 이 때문일 것이다.

## 5. 아름다운 우리 시대의 묵시록과 비전

우리가 천천히 읽어 왔듯이, 김세윤의 시에는 가파른 세상을 살아가는 고독한 한 영혼의 다짐과 소망이 가득 펼쳐져 있다. 그 바닥에는 소멸해 가는 존재자들의 어둑한 뒷모습과 함께 그것을 고독의 힘으로 이겨 나가는 시인의 인생론적 태도가 담겨 있다. 이러한 발화는 순간과 영원을 한 몸으로 결속하면서 다시 그것을 자기 확인의 불가능한 꿈으로 회귀시켜 간다. 이때 시인은 죽음의 가능성을 불가피한 존재 형식으로 승인하면서도 지상의 존재자들을 다시 살려 내는 부활의 사제가 된다. 결국 이번 시집에서 그는 소멸 직전에 다가오는 순간의 힘으로 사물을 탐색하고 증언하는 시편을 줄곧 보여 주었다. 그의 시는 소박한 낭만성이나 대상에 대한 미학적 외경에 머무르지 않고 시간의 흐름에 따라 사라져 가는 우리의 존재 방식을 포착하면서 예술적 자의식을 거기에 얹어 간 것이다.

결국 김세윤의 시는 예술가의 존재론 탐색과 시원始原의 발견을 통해 다다르는 서사적 고백록이자 광활한 도록圖錄이다. 보다 더 직접 사물에 다가가 보려는 욕망을 통해 사물의 핵심을 투시하는 그의 안목과 필치는 그 점에서 한국 시단의 돌올한 존재로 손색이 없을 것이다. 그러한 주제를 현재화해 가는 방법으로 그는 음악과 춤, 삶과 죽음, 역사와 시원의 형상을 역동적으로 불러들여 자신만의 재생 의지를 불 밝혀 간다. 누군가를 치유하는 약사藥師이자 종교적 경험을 폭넓게 지닌 시인이 진단하고 수습해 가는 우리 시대의 묵시록과 비전이 참으로 아름답게 다가온다. 편재적인 죽음의 가능성으로부터 독자적인 미학을 끌어온 이번 시집이 많은 독자들로부터 사랑받기를 희원한다. 새로운 시집의 상재를 거듭 축하드리면서, 이번 시집의 빛나는 성과를 딛고 넘으면서 김세윤 시인의 여정이 더욱 광활한 지평을 열어 가기를 마음 깊이 희원해 본다.